打油小说集

Nonsense Novels

〔加拿大〕斯蒂芬·里柯克 著
莫雅平 译

人民文学出版社
PEOPLE'S LITERATURE PUBLISHING HOUSE

Stephen Leacock

Nonsense Novels

图书在版编目(CIP)数据

打油小说集/(加)斯蒂芬·里柯克著;莫雅平译.
—北京:人民文学出版社,2016
(幽默书房)
ISBN 978-7-02-011974-5

Ⅰ.①打… Ⅱ.①斯… ②莫… Ⅲ.①短篇小说-小说集-加拿大-现代 Ⅳ.①I711.45

中国版本图书馆CIP数据核字(2016)第197174号

责任编辑:朱卫净　邱小群
封面绘图:杨　猛
封面设计:高静芳

出版发行　人民文学出版社
社　　址　北京市朝内大街166号
邮政编码　100705
网　　址　http://www.rw-cn.com
印　　制　上海利丰雅高印刷有限公司
经　　销　全国新华书店等
字　　数　82千字
开　　本　889毫米×1194毫米　1/32
印　　张　4.25
版　　次　2016年11月北京第1版
印　　次　2016年11月第1次印刷
书　　号　978-7-02-011974-5
定　　价　28.00元

如有印装质量问题,请与本社图书销售中心调换。电话:01065233595

目 录

迷案催人狂

又名：不完美的侦探

大侦探坐在办公室。

他穿着一身长长的绿礼服，上面别着半打神秘的徽章。

三四副假络腮胡子挂在他旁边的胡须架上。

遮风镜、蓝色镜和摩托镜均放在伸手可及的地方。

他能在转瞬之间完全伪装成另一个人。

他手肘边的一把椅子上放着半桶可卡因和一个长柄勺子。

他绝对是一副深不可测的样子。

一堆用密码写的材料堆放在桌上。大侦探匆忙地把它们一份份撕开，破译它们，然后把它们扔进旁边的密件槽里。

门外有人敲门。

大侦探急忙穿上一件带假面具的衣服，戴上一副假胡子，喊道：

“进来。”

他的秘书走了进来。“哈，”侦探说，“原来是你呀！”

他褪下伪装放在一旁。

“先生，”那个年轻人非常激动地说，“发生了一件神秘的迷案。”

“哈！”大侦探顿时目光炯炯，说，“它是不是把整个大陆的警察搞得晕头转向了？”

“何止晕头转向，”秘书说，“他们成堆成堆地累垮了，很多警察甚至自杀了。”

“竟有这等事，”侦探说，“是不是翻遍伦敦警察的所有档案，都找不出一件比这更棘手的案件呢？”

“没错。”

“如此说来，我猜此案一定与某些大人物有关，这些人的大名会吓得你喘不过气来，至少你得先用清喉剂润润嗓子，才不会憋死。”

“太对了。”

“而且我猜此事弄不好会导致最严重的外交后果，要是我们不能成功地破案，十六分钟之内英国就得和全世界打起来，对不对？”

他的秘书再一次作肯定的回答，他因太激动还在打战哩。

“最后，”大侦探说，“我猜此案发生在光天化日之下，发生在诸如英国银行或下议院的衣帽间之类的地方，而且就发生在警察的鼻子尖下，对不对？”

“这些正是本案非同寻常的地方。”秘书回答说。

“那好，”大侦探说，“现在穿上这件伪装，戴上这副褐色胡子，然后告诉我是怎么回事。”

秘书穿上一件带花边的蓝色伪装，然后弯下腰，凑在大侦探耳边悄悄地说：

“沃腾堡王子被绑架了。”

大侦探从椅子上一弹而起，好像被人从下面踢了一脚似的。

一个王子被盗！显然是波旁王族！欧洲最古老家族的后代被绑架了！此迷案值得他那擅长分析的大脑劳神一番。

他的心思像闪电一样开始启动了。

“等等！”他说，“你是怎么知道的？”

秘书递给他一份电报。是巴黎警察厅长发来的。电文是：“沃腾堡王子被盗。也许已转至伦敦。他①必须出席展览会开幕式。悬赏一千英镑。”

原来如此！正当需要在具有重大政治意义的国际展览会上露面时，王子居然被绑架了。

对大侦探来说，思考也就是行动，行动就是思考。他常常能两者同时进行。

“发电报去巴黎，了解王子的外貌。”

秘书鞠躬之后就离去了。

与此同时传来轻轻的抓门声。

来客进来了。他手膝着地趴在地上。一块炉边地毯蒙着他的头和双肩，掩盖了他的真实身份。

他爬到房间中间。

接着他站了起来。

天哪！

竟然是英国首相！

① 原文“he”为英文第三人称代词的单数形式，常用来指人，也用来指动物。

“是您！”侦探惊叹道。

“是我。”首相说。

“您是为沃腾堡王子被绑架的事而来的吧？”

首相吃了一惊。

“你怎么知道？”他问道。

大侦探高深莫测地微微一笑。

“没错，”首相说，“我不如直说了吧。我对此案有兴趣，很有兴趣。找到沃腾堡王子，把他完好地送回巴黎，我将在悬赏之外再加五百英镑。不过听着，”他在离开的时候令人难忘地说，“要保证不让任何人改变王子的特征或砍掉他的尾巴。”

什么！砍掉王子的尾巴！大侦探的脑袋有点发懵了。竟有这等事！原来一帮恶棍竟合谋——不！这事不可能！

又传来敲门的声音。

第二个来访者出现了。他蠕动着从地板上爬过来，肚皮几乎贴地，模样活像一条爬虫。他浑身裹着一件长长的紫色披风，他站起来，从斗篷顶上向外窥视着。

天哪！

竟是坎特伯雷大主教！

“主教大人！”侦探惊讶地喊道，“请您别站起来。坐下吧，躺下也行，随您怎么着，只是别站着。”

大主教摘下他的主教帽，疲倦地把它放在胡须架上。

“您是为沃腾堡王子的事儿来的吧？”

大主教大吃一惊，在胸前画了画十字。莫非侦探是个魔术师？

“没错，”他说，“真希望能把他送回去。不过我来此只是想告诉你：我妹妹很想见见你。她马上就要来这儿。她太轻率了，竟把一切都押在了王子身上。把他弄回巴黎吧，不然，我担心她就完了。”

大主教再次戴上主教帽，没有画十字就用披风裹起了身子，然后手膝并用偷偷地爬出了门，与此同时像猫一样发着咕噜声。

大侦探的脸露出最深切的同情。它上下搐动，一脸皱纹暴露无遗。“如此说来，”他咕哝道，“大主教的妹妹，达西莱的女伯爵要来了！”虽说对贵族生活了如指掌，大侦探还是觉得此事别有玄机，绝非通常迷案可比。

门口传来大声的敲门声。

达西莱的女伯爵进来了。她全身上下都裹在毛皮里。

她是英国一位最漂亮的女士。她目中无人地进了屋，目中无人地拿过一把椅子，一屁股坐上去，露出目空一切的神色。

她摘下缀满钻石的冕状头饰，把它放在她旁边的头饰托上，然后又解开缀满珍珠的毛皮围巾，把它放在珍珠架上。

“您是为沃腾堡王子的事儿来的吧？”大侦探说。

“可怜的小狗！”达西莱的女伯爵厌恶地说。

什么话！更玄乎了！女伯爵不但没有爱上王子，相反还把那个波旁贵族骂为小狗！

“您对他感兴趣，我相信这一点。”

“感兴趣！”女伯爵说，“我是该这么说。哼，他是我养大的！”

“您怎么？”大侦探喘着气问道，他那通常不露声色的脸一下子涨红了，像涂了胭脂似的。

“我把他养大，”女伯爵说，“我在他身上押了一万英镑，因此我才要他回巴黎去。你给我听着，”她说，“要是他们逮着了王子并砍掉了他的尾巴或毁掉了他肚子上的标记，那还不如让他在这里被悄悄杀掉的好。”

大侦探晕眩了，他斜靠在房子的一面墙上。怎么这样！美妇人的残忍表白，一时间使他喘不过气来！她本人就是那个年轻的波旁贵族的母亲，她真不配与欧洲最伟大的家族之一联姻，居然把自己的命运赌在保皇派的阴谋上。再说凭她对欧洲政治的本能认识，她是知道王子身上的天生胎记有任何的变改，都会使他丧失法国百姓对他的同情的。

女伯爵重新戴起了她的头饰。

她离去了。

秘书又进来了。

“我收到巴黎发来的三份电报，”他说，“它们太叫人不解了。”

他递上第一份电报。

电文是：

“沃腾堡王子鼻长且湿，耳大身长，后腿稍短。”

大侦探显出大惑不解的神情。

他接着读第二份电报：

“沃腾堡王子不难辨认，听其深沉吠叫可也。”

然后是第三份电报：

“有一小撮白毛横过背部中央者，便是沃腾堡王子也。”

两个大男人面面相觑。迷案叫人摸索不透，玄得叫人发狂。

大侦探开始说话了。

“把我的伪装拿给我，”他说，“这些线索必须追踪下去。”他停顿了一下。与此同时，他那敏捷的大脑分析，并综合了一下眼前的证据。“是一个小伙子，”他咕哝道，“他显然不大，因为被称为‘小狗’，长着又长又湿的鼻子（哈！他显然嗜酒成性），背上有一撮白毛（这是生活放荡、未老先衰的先兆）。没错，没错，”他继续道，“有了这一线索我可以很容易地找到他。”

大侦探站了起来。

他穿上长长的黑披风，戴上白胡子和蓝色的眼镜。

完全装扮好之后，他就出发了。

他开始侦察了。

四天之内他走遍了伦敦的每一个角落。

他去了城里的每一家酒吧。在每一家酒吧他都喝一杯酒。在一些酒吧他装扮成水手，在另一些酒吧他以士兵的面目出现。他还装扮成神父出入于其他的酒吧。他的伪装无可挑剔。只要他不赖酒钱就谁也不会注意他。

侦察毫无结果。

有两个年轻小伙子被怀疑是王子而被捕，但结果还是被释放了。

两者表明身份的证据都不是。

其中一个小伙子鼻子又长又湿，可他背上无毛。

另一个背上有毛，可是不会吠叫。

他俩谁都不是那个波旁贵族。

大侦探继续侦察。

他什么都没有找到。

入夜之后，他秘密探访了首相府，把首相府从上到下搜了个遍。他探测了所有的门窗，翻遍了所有的地板。他查看了抽水马桶，还查看了所有的家具，可是什么也没有发现。

他同样隐秘地钻进了大主教府。他把它从上到下搜了个遍。他化装成唱诗班儿童，在教堂里里外外侦察，可还是什么都没发现。

最后，线索终于出现了，这为他破解迷案开辟了道路。

女伯爵的卧室的墙上挂着一幅大大的带框的版画。

那是一幅画像。

画像下面印着如下字样：

沃腾堡王子

那是一幅达克斯猎犬的画像。

长长的身体，宽大的耳朵，未被砍掉的尾巴，短了的后腿——全画在上面。

还不到一秒钟，大侦探那闪电般迅捷的心灵已洞穿了整个奥秘。

王子原来是一条狗！！！！

他飞快地在他那身女仆装外面套上一件伪装，随即就冲到了街上。他拦下经过的一辆马车，一会儿就回到了他自己的住处。

“我终于明白了，”他喘着粗气对秘书说，“谜团解开了。我把它整个儿解开了。我纯粹通过分析解开了它。你听——后腿，背上的毛，湿湿的鼻子，小狗——呃，还有什么？难道这什么也没让你想到吗？”

“什么也没有，”秘书说，“看来要破解它完全没有希望。”

大侦探这会儿从激动中平静下来了，他微微地笑了笑。

“答案再简单不过了，我亲爱的伙计。沃腾堡王子是一条狗，一条参赛夺奖的达克斯猎犬。达西莱的女伯爵是他[1]的女主人，他大概值两万五千英镑，另外在巴黎的狗展上他还可赢

① 原文为“him”，即“he”的宾格形式，常用来指人，也可用来指动物，表示爱昵。

得一万英镑。你能想象——”

就在这当儿大侦探的话被一声女人的尖叫打断了。

“天哪!”

达西莱的女伯爵冲进了屋里。

她一脸狂怒。

她的冕状头饰乱七八糟。

她的珍珠撒了一地。

她又是扭手指又是呻吟。

“他们砍掉了他的尾巴,”她气喘吁吁地说,“而且把他背上的毛全剪掉了。我能怎么着?我算是完了!!”

“夫人,”大侦探说,他平静如青铜雕像,“您振作点。我能帮您挽回损失。”

“你?”

“是我!”

“怎么挽回?”

“听着。我有办法。王子将在巴黎参展。”

女伯爵点点头。

“你把运气押在他身上对吧?”

女伯爵又点点头。

“狗被盗了,被带到了伦敦,他的尾巴被砍了,他的标记被毁了。”

大侦探洞悉一切的平静分析令女伯爵惊奇万分,她不停地点头再点头。

“这么着您就完了吗?”

“是的。”她喘着气回答，并且瘫坐到了撒满珍珠的地板上。

“夫人，”大侦探说，“并不是什么都完了。”

他站起来挺直了身子。他的脸上露出一股无所畏惧，不屈不挠的神气。

英国的荣誉、英国最美丽的女人的命运就看这一搏了。

“我会这么干。”他喃喃地说道。

“起来吧，亲爱的夫人，”他继续道，“什么也别怕。我将**扮演那条狗!!!**”

那天晚上想必有不少的人看见大侦探和他的秘书登上赴加莱的客船的甲板。他手膝并用趴在地上，身上裹着一件长长的黑披风，他的秘书用一条链子牵着他。

他对着海浪欢快地吠叫，还舔秘书的手哩。

“多漂亮的一条狗啊!”乘客们说。

伪装绝对天衣无缝。

大侦探浑身上下都用胶粘满了狗毛。他背上的标志完美无缺。他的尾巴通过一个自动装置连在他身上，他可以随心所欲地叫它上下摆动。他那深邃的双眼充满了睿智。

第二天他和别的达克斯狗在一组参加了国际狗展。

他赢得了所有人的心。

“多靓的狗啊!”法国人喊道。

“多棒的狗呀!”西班牙人喊道。

大侦探获得了一等奖！

女伯爵免除了破产的厄运。

不幸的是，大侦探忽略了交狗税的事，结果他被捕狗人逮住并杀掉了。不过，当然喽，这事已超出本故事的范围，对这一题外话只是在文末顺便提及也无妨。

“Q”

——游魂显形的故事

我不能企望我的任何一位读者相信我即将讲述的故事。回想起来，连我自己都对它难以置信哩。然而，我的故事又是那么不同寻常，足以让读者诸君对我们与另一个世界的人的交流别有一番认识，因此我觉得自己无权不把它公之于众。

我的确去安勒里的住处拜访过他，那是十月三十一日，星期六。那一天的日期我记得很清楚，因为那一天是发薪日，我领到六金镑[1]十先令，钱的数目我记得很准确，因为我把那笔钱放进了我的口袋，而且我还记得把钱放进了哪一个口袋，因为我的其他口袋里都没有钱。关于这几点我心里一清二楚。

安勒里和我坐在一起抽了一会儿烟。

然后突然——

“你相信有超自然现象吗？”

我大吃一惊，好像受到了突然袭击似的。

安勒里说到超自然现象的那一时刻，我恰好在想一件完全不同的事情。刚好在我想另一件事的时候他说起它来，这叫我实在吃惊不小，就算那是巧合也怪不可思议的。

---

① 金镑：19 世纪初期在英国本土及其殖民地流通的面值为 1 英镑的金币，当时 1 金镑等于 1 英镑。

有那么一会儿我只有瞪着眼睛发愣的份。

“我的意思是，”安勒里说，“你相信死者的亡魂显灵的事吗？”

“亡魂显灵？”

“没错，亡魂显灵，你也可以称之为游魂显形，你还可以说是幽灵出游，简单地说，你相信幽灵现象吗？”

我眼睁睁地看着安勒里，以前我从来没对他有过这么强烈的兴趣。我感到他马上就要讲一些在我认识他的两三个月里他一直觉得不合适讲的不寻常的事情和经历了。

到这时我才惊奇自己居然没有想到，像他这样刚满五十五岁就已满头白发的男人一定是饱经过可怕磨难的。

随即安勒里又开始说话了。

“昨夜我看见 Q 了。”他说。

“天哪！”我不禁脱口说道。我其实根本不认识 Q，可是安勒里看见 Q 的事却叫我感到一种无法名状的恐惧。我这个人日子过得有板有眼、平平静静的，我可从来没遇到过这种事情。

“是的，”安勒里说，“我清清楚楚看见了 Q，就好像他站在面前似的。不过我最好还是先向你介绍一下我过去和 Q 的关系，那样你对所发生的事意味着什么就会更明白了。”

安勒里在炉火那一边的椅子上坐了下来，与我隔火相对。他点燃烟斗，继续往下说：

“我第一次认识 Q 时他住在离英国南部一个小镇不太远的地方，我不妨称他住的地方为 X，他与我称之为 M 的一个多才多艺的美丽女郎订了婚。”

安勒里还没有正式讲故事，我发现自己已全神贯注地在听了。我意识到他要讲的决不是一般的经历。我不仅怀疑 Q 和 M 不是他那两个不幸的熟人的真实姓名，而且怀疑它们确实是随意从字母表上挑出来以掩盖他的朋友们的姓名的。我还在沉思其中的奥妙，安勒里又继续说起来了：

“在 Q 和我最初成为朋友的时候，他养着一条狗，如果有必要的话，我不妨称之为 Z，每天他出去散步，Z 都跟着他进出于 X。”

“进出于 X。”我吃惊地重复道。

“是的，”安勒里说，“进出于 X。”

我的感官现在警觉起来了。Z 跟着 Q 走出 X，对这一点我马上能理解，可是 Z 却先跟着 Q 进入 X，这一点就超出可理解的范围了。

“唉，”安勒里说，“Q 和 M 小姐就要结婚了。一切都安排好了。婚礼定在那年的最后一天举行。就在婚礼前六个月零四天的时候（我记得那天的日期，因为所发生的事在那时候太不寻常了，太叫我难忘了），Q 深夜跑来找我，他痛苦极了。他说他刚看到他即将死去的预兆。那天晚上，他正和 M 小姐坐在她家的走廊上，突然他清楚地看见他的狗 R 的影子从路上蹿了过去。”

“慢着，”我说道，“你不是说过狗的名字叫 Z 吗？”

“没错。”他回答说，“叫 Z，或者更准确地说，叫 ZR，因为 Q 习惯于把他的狗叫做 R 又叫做 Z，这也许是出于爱心吧。总之，接下来那条狗的影子，或者说游魂，从他们俩面前蹿了过去，它太清楚了，以至于M小姐发誓说她相信那是那条狗本身。那个游魂在屋子对面停了一会儿，还摇摇尾巴。然后它又继续往前，一到石墙的墙角就突然消失了，好像隐入了砖石中似的。而更加玄乎的是，M小姐的母亲有点瞎了，可她居然也隐隐约约看到了那条狗。”

安勒里停顿了一会儿，然后他继续说：

“这件不同寻常的事，Q理解为表明他自己的死期临近了，无疑他的理解是对的。我尽自己的最大努力消除他的痛苦，可那是不可能消除的，他很快地用力抓了抓我的手就离去了，坚信他在早晨降临之前非死去不可。”

“天哪！”我惊叹道，“那他那天晚上死了吗？”

“没有，他没死，”安勒里平静地说，“这正是难以解析之处。”

“给我说说看。”我说。

“第二天早上他像往常一样起了床，像往常那样一丝不苟地穿好了衣服，一件衣物都没有落下，而且在通常的那个时间去了他的办公室。后来他告诉我说他对当时的情形记得清楚，因为他是沿通常的路线去的办公室，而不是走其他的任何方向。”

“停一下，”我说，“那特殊的一天是否发生了什么令人难忘的不同寻常的事呢？”

“我早已猜到你会问这个问题，”安勒里说，“但根据我的记忆，什么事也没发生。Q回到了家，显然和通常一样吃了晚饭，随后他就上床去睡了，同时抱怨说有一点点困，仅此而已。他的继母，她和他住在一起，说晚上清清楚楚地听到了他呼吸的声音。”

“他那天晚上死了吗？”我问道，因激动有点喘不过气来。

“没有，”安勒里说，“他没死。他第二天早上起床了，感觉和以前差不多，只是困的感觉显然过去了，而且他呼吸的声音再也听不见了。”

安勒里再次陷入沉默。虽然我急于听到他那惊人故事的其余部分，但是我没有用一连串的问题逼迫他讲下去。他和我关系毕竟还不够深，再说这是他第一次邀我去他的住处拜访，这两者都不允许我表现得太随意，太亲近。

“反正，”他说，“自那以后，Q每天都照样去办公室，绝对有规律。依我的记忆所及，无论是他周围的一切，还是他本人，都没有任何迹象表明他死期将近了。他定期去看M小姐，他俩结婚的日期一天比一天近了。”

“一天比一天近了？”我吃惊地重复道。

“没错，”安勒里说，“一天比一天近了。在他结婚前的某段时间，我很少见到他。但是在婚礼前两个星期，有一天我在街上碰到了他。有那么一个片刻他好像想停下来，可接着他抬了抬帽檐向我致意，微笑了一下就走了。”

“等一等，”我说，“要是你不介意的话，我想问一个看来很重要的问题——他是先往前走，然后才微笑和招帽，还是先在帽檐下微微一笑，抬了帽檐，然后才往前走？”

“你这问题问得很有道理，”安勒里说，“不过我想我可以毫不含糊地告诉你，他是先微笑，接着停止微笑并抬了抬帽檐，然后停止抬帽檐并且往前走了。”

“不过，”他继续说，“最重要的事实是：在约定结婚的那一天，Q 和 M 小姐按时结婚了。”

“不可能吧？”我喘着气说，“按时结婚，他们俩？”

“没错，”安勒里说，“两人按时结婚了。在 Q 先生和 Q 太太婚后——”

“在 Q 先生和 Q 太太婚后？”我大惑不解地重复道。

“是的，”他回答说，“是 Q 先生和 Q 太太——因为在婚后 M 小姐改从夫姓了——他们离开英国去了澳大利亚，他们要在那儿居住。”

“慢着，”我说，“得让我先弄清楚——去澳大利亚定居，是他们自己想上那儿住吗？”

“是的，”安勒里说，“怎么说这都是大家能理解的。我本人亲自送他们乘汽船走的，我还和 Q 握了握手，当时我站在离他很近的地方。”

“那么，”我说，“自从 Q 氏夫妇——我猜别人大概会这样称他们吧——去了澳大利亚之后，你接到过他们的来信吗？”

“这事儿嘛，”安勒里回答说，“和我其他的经历一样的离奇。自从 Q 和他太太去澳大利亚后四年过去了。开始我经常收到他的信，每个月收到两封。后来我每两个月收到他一封信，再往后每六个月才收到两封，到最后一年才收到他的一封信。

而到昨夜为止，我已有一年半没得到他的任何音讯了。”

我现在迫不及待地想听后来发生的事。

“昨天晚上，”安勒里平静地说，“Q出现在这间房里，说得更确切一点，他的游魂或者幽灵在这里显形了。他看样子非常愁苦，他尽做一些我不懂的手势，还不停地把一个个口袋翻个底朝天。我整个儿被迷住了，根本想不到问问他，只是徒劳无功地在心里推测他那是什么意思。紧接着那个游魂从桌上拿起一支铅笔，写下这么一些字：‘两金镑，明晚，急。’”

安勒里又不说话了。我坐在那儿沉思着。“你怎么解释Q的游魂写的那些字的含义呢？”

“我看是这样的，”他宣布说，“Q显然已经死了，他想托灵传书，让我感知到他在冥间经济拮据，让我感知到他今晚需要两个金镑。”

安勒里对幽灵界的奥秘的本能洞悉令我大为吃惊，我问道：“那你怎么——打算怎么把钱送到他手里呢？”

“我打算，”他宣布说，“做一个大胆的实验，要是成功的话，我们就可以与幽灵世界直接沟通了。我的计划是放两个金镑在这桌子边上，让金镑在桌上过它一夜。要是早上金镑不见了，那我就可以得知Q的亡魂显形了，拿走了两个金镑。唯一的问题是，你是不是恰巧身上有两个金镑呢？很不巧，我自己身上只有一些零钱。”

真是好运难得！巧合为目下的情势平添了许多奇趣。我身上刚好带有六个金镑，那是我领到的一个星期的工资。

“真走运，”我说，“这对我来说不成问题。我刚好身上带有钱。”我说完就从口袋里掏出了两个金镑。

安勒里为我们的好运大感高兴。我们很快就做起实验准备来。

我们把桌子摆在房子中间，摆得那么特别，足以保证它不与任何其他家具发生联系或冲突。所有的椅子都小心翼翼地靠墙放着，放得那么用心良苦，没有哪对椅子的位置与其他椅子的位置相同，不过房子四周的画和装饰品都保持原位不动。我们留意不揭去墙上的任何墙纸，也不把窗户的任何窗扇打开。当一切准备就绪之后，那两个金镑就被并排放到了桌面上，它们都是正面朝上，与它们的背面接触的只有桌面本身。然后我们就熄了灯。我向安勒里道了“晚安”，摸着黑走出了安勒里的住处进了黑暗之中，因激动而浑身热乎乎的。

读者诸君一定可以想见我是多么渴望知道实验的结果。由于太急于知道结果，我简直就没法入睡。我当然完全相信我们的准备工作做得完美无缺，可我还是免不了担心实验会以失败告终，因为我本人的心理素质和性情或许达不到这类实验的要求。

不过，在这一点上我的忧虑是多余的。事实表明，我的心灵是第一流的灵媒，或许换一种更好的说法，是第一流的通灵体，做有关幽灵的事是再好不过的了。

第二天大清早，安勒里飞跑来我的住处，他的脸因激动而神采飞扬。

“太棒啦，太棒啦，”他几乎高喊了起来，“我们成功了！那两个金镑不在了。我们和Q直接达成了经济交流。”

我不必赘述那贯穿我全身的强烈的幸福感了。那整个一天以及接下来的每一天，我已与Q达成通灵交流的快感时时刻刻陪伴着我。

我唯一的希望是再创造一次机会，与幽灵做进一步的相互交流。

接下来的那天晚上我的愿望得到了满足。夜间很晚的时候安勒里给我打来了电话。

“马上到我的住处来，”他说，“Q的幽灵正在和我们交流哩。”

我匆匆忙忙地跑了去，到达的时候几乎上气不接下气了。“Q又在这儿显形了，”安勒里说，“还是像前次那么愁苦。他的影子站在这间房里，不停地用手指在桌面上写字。我能辨认出的字只有‘金镑’、‘金镑’，其他的字就认不出来了。”

“难道你不觉得这表明Q出于某种我们难以揣度的原因，希望我们再留两个金镑给他吗？”我说。

“好家伙！”安勒里热情洋溢地说，“我相信你猜对了，无论如何，我们还是试一试吧，就算失败了也值得。”

那天晚上，我们又把我的两个金镑放在桌上，而且像前次一样小心谨慎地摆好了家具。

由于对自己的心灵是否适合我所从事的通灵工作仍然有点心存疑虑，我竭尽全力维持内心的平衡与宁静，以便在或许正游荡于附近的幽灵显形时立即能见分晓。事实表明我的心灵完全合格。我们的实验完全成功了。那两个金镑到早上时已经消失了。

在差不多两个月的时间里，我们按同样的方法继续做我们的实验。有时候，安勒里告诉我说，他自己晚上把为数可观的钱放在幽灵拿得到的地方，结果幽灵每次都成功地把钱拿走了。不过安勒里作为一个极重信誉的人，是从不单独做这种实验的，除非为情势所迫而没法及时通知我参加。

而在其他一些时候，他会打电话给我，二话不说，只告诉我："Q 在这儿。"或者给我发一份电报，或者寄一个便条，说："Q 需要钱，带上你手头的钱就行了，不用更多。"

而我呢，我极其渴望把我们的实验大张旗鼓地公之于众，或者用它激起心理研究协会或诸如此类组织的兴趣，因为我们用大胆的实验在知觉世界和灵异世界之间架起了相互沟通的桥梁。在我看来，唯有我们在没有借助于冥想的情况下，成功地把钱从一个世界直接送到了另一个世界。别人的确也做到了这一点，不过他们是借助于灵媒才完成的，要不就是通过订购玄学杂志。我们完成此一壮举的办法是那么简单，因此我真想立刻把我们的经历公之于世，以造福于世上无数像我这样的人。

不过，安勒里反对这样做，他生怕这样一来会破坏我们和 Q 的关系。

正是在我们第一次完成灵界送钱实验之后大约三个月的时候，我的通灵经历中最玄妙的时刻到了——它是那么神秘，时至今日还令我困惑不解哩！

有一天下午安勒里跑来找我。他显得又紧张又沮丧。

“我刚和Q进行过通灵交流，”他回答我的询问说，“我简直捉摸不透。依我的判断，Q制定了一个计划，准备吸引其他幽灵也加入我们的行列。他想在灵界那边建立一个协会，与我们协同工作，大家一起在两个世界之间进行大规模的金钱传输。”

读者诸君准能想见，敞开在我面前的壮丽远景使我激动得几乎双眼闪出火花来了。

“Q希望我们把所有的钱尽可能地集中起来，并把钱传送给他，以便他能把幽灵们组织起来形成一个协会，也许在这种情况下，称他们为亡人更恰当一些。”

在我还没有完全明白安勒里的意思的时候，我早已为它热血奔腾了。

我们决定在当天晚上实施那一伟大实验。

真遗憾，我本人的尘世财富并不多，不过，我有价值五百金镑的银行证券，那是我父亲留给我的遗产，我无疑可以在几个小时内把它变成现金。虽然如此，可我还是免不了担心它金额太小，不足以让Q把它的亡人伙伴们组织起来。

我带着那笔钱去了安勒里的住处，并把它放到了那张桌子上，其中既有纸币又有金镑。安勒里有幸能拿出一笔数目更大的钱来，不过，在我把我的钱从桌上拿走之前，他不愿把他的钱和我的一起放在桌面上，生怕我们俩的钱一混合会影响亡灵的显形。

我们这一回的准备工作做得格外小心，因此安勒里信心十足，而我呢，说老实话，我感到极其紧张而且老担心会失败。我脱掉了鞋子，穿着袜子四处忙碌着，而且按安勒里的提议，我们不仅把家具摆得和从前一样，而且还把煤筐放了个底朝天，还在废纸篓上面盖了一条湿毛巾。

一切准备就绪之后，我用力握了握他的手，然后就走出屋子，进入了夜色之中。

第二天我白等了一个早上。九点钟到了，十点了，最后到十一点了，可还是没有他的一点音信。我因焦急而火烧火燎的，于是就去他的住处找他。

可想而知，发现安勒里失踪后，我是多么惊恐。他消失了，好像离开地球表面了。至于到底是由于我们的准备工作出了什么可怕差错，还是由于我们在灵性方面修炼不够，因而才导致如此后果，我没法说清。不过有一点是再清楚不过的，那就是安勒里被幽灵世界吞没了，顺便还带走了那笔钱——为了传送这笔钱，他冒了遭灭顶之灾的风险。

他已消失的证据不难找到。在我终于有勇气去追寻此事的时候，我谨慎地斗胆做了一些查询。结果发现，他还欠四个月的房租未付就被吞没了，而且他甚至来不及支付所欠本地商人的多笔款项就消失了，看来他准是在刹那间被幽灵世界出其不意地吞灭掉的。

我非常害怕有关方面会叫我对他的死负责，因此我没有把事情的原委公之于众。

直到这个时候我才意识到，在我们与幽灵世界的鲁莽交往中，安勒里招惹了多大的风险。如今他已成为灵异科学的伟大事业的牺牲品，而我们的实验记录则作为其真理的见证留存于世，与偏见分庭抗礼。

根特城的“钻子”基多

——一个骑士的浪漫故事

故事发生在骑士制度盛行的年代，侠义精神正方兴未艾。

太阳缓缓东沉[1]，偶尔上下晃动。缕缕残阳斜照塔楼，布根斯堡城堡一片阴森。

“苗条女”艾素苔站在一座塔楼上，楼外围着高高的城墙。她双臂伸向前方，前方只有空幻的空气；她脸儿向上仰着，有如在和天堂对话；她的脸色如此愁闷，流露出无尽的思恋。

不久，她开始喃喃念叨：“基多！”——接着，从她的胸膛发出一声五脏俱裂似的叹息。

她纤巧轻盈，美如精灵，看上去好像没有呼吸似的。

事实上她几乎就不呼吸。

她的身材苗条而秀丽，雅致如地球仪的经线。她的身体那么虚弱，看起来几乎连动一下都不行。而她的脸蛋儿，更是精致无比，予人以此脸只应天上有的感觉。

她身穿飘拂的深蓝色长袍，系着一条带银制皮带扣的腰带，还穿着一件及腰的有针织花边的三角胸衣，胸衣上端在她的喉口处与带皱边的鲸骨圈连在一起。她的头上是一顶棒棒糖

---

① 原文如此。作者故意如此行文，旨在影射骑士文学的荒诞。参见本篇最后一注。

帽子，形状像个灭火器，呈四十五度斜向后方。

“基多！”她喃喃地呼唤，“基多！”

接着她又像心乱神迷的人那样一边扭自己的手，一边对自己咕哝：“他没有来。”

太阳沉落，黑夜降临，阴森的布根斯堡城堡和它脚下的根特古城被阴影吞没了。夜色越来越浓，城堡的窗户射出火红的灯光。今晚是圣诞节，城堡的大厅里正在热火朝天地大宴宾客。今晚布根斯堡侯爵设宴志庆，一为圣诞佳节，二为女儿订婚——他把女儿艾素苔许配给了“十点”①谭克雷德②。

他请来赴宴的贵宾有王侯大公，也有他的部属，如“壮汉”赫伯特、“小蜈蚣”爱德华、“酒瓶”罗洛以及其他很多人。

在众人欢宴的同时，艾素苔小姐独自站在城垛上，在为迟迟不来的基多伤心。

基多和艾素苔之间的爱属于纯洁而近乎神圣的那一种，这种爱只有在中世纪才能找到。

他们俩谁也没见过谁。基多从没有见过艾素苔，艾素苔也从没见过基多。他们俩从没听对方说过话。他们也从没在一起待过。他们彼此根本就不相识。

然而他们彼此相爱。

他们的爱是突然而浪漫地迸发出来的，它具有构成爱的最

① 纸牌的十点，此处为绰号。
② 谭克雷德（1078？—1112），十字军东征时诺曼底人的领袖之一。

大幸福的所有神秘的魅力。

几年以前，基多在一道栅栏上看到了“苗条女”艾素苔的名字。

他当场脸色变白，晕厥过去，然后就立即启程去了耶路撒冷[1]。

也就在同一天，在经过根特城的街道的时候，艾素苔在一根晾衣绳上看到了基多的纹章。

她当场眩晕过去，倒在侍女的怀里。

从那一天起他们就相爱了。

此后艾素苔经常在清晨走出城堡四处漫游，同时不断地念叨基多的名字。她把他的名字告诉树木。她把它悄悄说给花朵听。她还叮嘱小鸟不要把它忘记。它们大家都知道这个名字。有些时候她会骑上她的小马，在海边的沙滩上走来走去，同时对着海浪大声呼唤：“基多！”而在其他时候，她不是对小草说这个名字，就是对一段木头甚至一吨煤喃喃细语：“基多！”

虽然基多和艾素苔从来没有会过面，可是他们都珍爱对方的容貌。在他的盔甲下面，基多珍存着艾素苔的一幅用象牙刻成的小像。他是在城堡和它脚下的根特古城之间的城堡巉崖下找到它的。

他怎么知道那就是艾素苔呢？

---

① 按骑士时代的风尚，骑士往往先去做一些惊天动地的事，然后才去向所倾慕的女子求婚。耶路撒冷现为犹太教、基督教、伊斯兰教的圣地，中世纪时基督教徒曾和伊斯兰教徒为争夺此圣地而展开大战。

他没有必要去问个究竟。

他的心明白一切。

爱情之眼是不会受骗的。

艾素苔怎么样呢？她的三角胸衣下也珍存着“钻子”基多的一帧小像。她在一个云游的小贩那里发现了这帧小像，并用一些珍珠把它买了下来。她怎么知道像中是他呢？那得归功于小像下方所画的盾形骑士纹章。正是这一盾形标志首先从心灵深处打动了她。无论她在睡觉还是醒着，它总是出现在她眼前：一头毛色纯正的狮子，卧于占据纹章四分之一的红底色之中，还有一条杂毛狗，躺在占纹章四分之三的荞麦地里。

如果说艾素苔心中有一团爱的烈火在为基多纯洁地燃烧，那么基多对艾素苔的爱也吐着同样纯洁的烈焰。

爱情一进入基多的心灵，他就立刻下定了决心，发誓要去完成一项伟大的冒险事业，建立非比寻常的功勋，以便自己有资格去向她求婚。

他发誓要克己立功，除了饭菜什么都不吃，除了烈酒什么都不喝，一直要到大功告成方才开禁。

为了实现宏愿，他立即奔赴耶路撒冷，去为她杀一个伊斯兰教徒。他果真杀了一个，一个块头儿大大的阿拉伯人。由于仍然誓愿未了，他接着又再一次出征，向帕诺尼亚[①]境内挺进，要在那儿为她杀一个土耳其人。然后他又从帕诺尼亚远征到不

① 帕诺尼亚，罗马帝国的一个省，包括现在的匈牙利西部、南斯拉夫北部、奥地利东部、北部，东部以多瑙河为界。

列颠岛的苏格兰高地，在这里为她杀了一个苏格兰人。

每一年每一月基多都要为艾素苔完成一项新的壮举。

而与此同时，艾素苔在苦苦地等待。

并不是说求婚者少。事实上“苗条女”艾素苔的倾慕者多得数不清，他们随时准备听从她的使唤。

为了她，每天都有很多勇武之事发生。为了赢得她的青睐，求婚者们信誓旦旦，赴汤蹈火都在所不惜。为了她，“海獭”奥托跳进了海里。为了她，“椰子”康拉德从城堡最高的城垛上跳了下去，头点地倒栽在泥巴里。为了她，“绝望者”雨果用皮带把自己吊在一棵山胡桃树上，拒绝任何人把他放下来。“多情客”西格弗莱德大口吞咽硫酸，也是为她的缘故。

但是“苗条女”艾素苔对诸如此类献殷勤的行为不予理会。

她的继母，“瘦俏女”阿加莎，徒劳地催促她结婚。她的父亲，布根斯堡的侯爵，命令她在求婚者中任选一个，可命令终归只是命令。

她的心对“钻子”始终坚贞不渝。

恋人们之间互赠信物是常有的事情。从耶路撒冷基多赠给她一根棍子，上面刻着一个象征爱的忠贞的 V 字。从帕诺尼亚他寄来一块木板，从威尼斯则寄来一块大约两尺长的石料。艾素苔对所有这些都视若至宝。晚上她把它们都放在枕头下。

然后，在漫游了多年之后，基多决定为艾素苔完成最后的壮举，好替他的爱锦上添花。

他的计划是，他要重返根特城，夜里攀上城堡的巉崖，而且为了证明他对艾素苔的爱，他要为她杀死她的父亲，要把她的继母扔下高高的城垛，还要烧毁城堡并且把她带走。

他现在正忙于实施这一计划。在“螺丝刀”卡罗和“小锥子”贝奥武夫[①]所率领的五十名忠实追随者的陪伴下，他踏上了重返根特城之路。在夜幕的掩护下，他们来到了城堡的巉崖下。接着，他们排成一列纵队，手膝并用沿盘旋而上的小径朝堡垒的门爬过去，到六点钟时他们已爬完一圈。七点钟时他们已完成第二圈。在城堡正厅的欢宴达到高潮的时候，他们已攀援在第四圈上了。

爬在最前头的是“钻子”基多。他的盔甲隐藏在一件杂色的披风下面，他的手里拿着一个号角。

按计划他将乔装打扮并从后门溜进城堡，要用诡计从侯爵身上窃取大门的钥匙，然后吹响号角招呼他的追随者发起进攻。啊！是得赶快干才行，因为就在这个圣诞节，就在今天晚上，厌倦了艾素苔的抗拒的侯爵已下定决心要把她许配给“十点”谭克雷德。

大厅里的欢宴正热火朝天。身材臃肿的侯爵坐在大餐桌首席，他大壶大壶地喝酒，并频频敬酒祝“十点”谭克雷德身体健康，此公身着盔甲坐在侯爵旁边。

侯爵大人本来就兴致勃勃，由于有一个新来的弄臣蹲在旁

① 盎格鲁-撒克逊时代一史诗的主人公名。

边的地板上讲笑话为他促兴，他的高兴劲儿就更无说的了。这个弄臣是刚由总管从后门放进大厅的，他那别出心裁的插科打诨使侯爵笑得前俯后仰乐不可支。

"好家伙！"他欢叫道，"这故事真是又新又奇！瞧那个马车夫，他对朝圣客说，既然朝圣客说过要在那个小镇下车，那他就非让他下车不可，虽然当时是三更半夜——天哪！这伙计是从哪儿听来这么个新奇故事的？——喂，再给我讲一遍，也许我能记住它哩！"然后侯爵大人又激动万分地坐回到椅子里。

侯爵刚坐回座位，基多——那个乔装打扮的弄臣不是别人，正是他——就往前一跃，从侯爵的腰带上夺下了挂在他腰间的那把大门钥匙。

紧接着，他飞快地抛开弄臣服和帽子，整个儿站了起来，露出一身铮铮盔甲。

他一只手拿着一把十字军[①]的两头钉头槌，另一只手拿着一只号角。

来宾们纷纷一跃而起，大家都手按佩剑。

"'钻子'基多！"他们喊道。

"别动，"基多说，"你们的命捏在我手里！"

然后他把号角凑到唇边，深深地吸了一口气，使出全身力气吹号。

接着他又吹了一次——已竭尽全力了。

① 1096年至1291年间欧洲基督教徒为与伊斯兰教徒争夺圣地而派出的远征军。

可是没有一点声音。

号角居然不响！

“拿下他！”侯爵说。

“慢着，”基多说，“我要求按骑士守则了断。我此行是为艾素苔小姐而来，而你把她许配给了谭克雷德。让我和谭克雷德一决雌雄，一对一。”

一声赞同的高呼响彻大厅。

接下来的决斗真是可怕。

先由基多出手，他用双手高高举起钉头槌，狠狠地朝谭克雷德那戴着头盔的脑袋砸了下去。接下来基多一动不动地站着，轮到谭克雷德了，他高高举起他的钉头槌，使劲地砸向基多的头。尔后谭克雷德转过背去又一动不动站着，基多扬起钉头槌从后面狠狠地砸将过去，正砸在腰部中间。谭克雷德也照样做了还击。然后谭克雷德手膝着地跪在地上，基多用钉头槌猛击他的背部。这纯粹是在比试技巧和敏捷。一时间还真难料胜负。可是后来谭克雷德的盔甲开始变形了，他的攻击力减弱了，最后他趴到了地上。基多乘胜前进，把他打得扁扁的，像一个沙丁鱼罐头。然后他一边在谭克雷德的胸口上踏上一只脚，一边拉下头盔的面甲并环视四周。

就在这时传来一声响亮的尖叫。

“苗条女”艾素苔被打斗的声音惊醒了，她猛地冲进了大厅。

有那么一个片刻，这对恋人都盯着对方的脸。

接着他们的脸因痛苦而变了形，他们俩朝不同的方向晕倒在地。

错了！错了！

基多不是基多，艾素苔也不是艾素苔。他们把那两个小像弄错了。它们其实是别的人的画像。

悔恨的狂涛淹灭了两个恋人的心。

艾素苔想到不幸的谭克雷德，他被砸得薄如一张画片，已无可救药。她想到了倒栽在泥里的“椰子”康拉德，想到了因硫酸的折磨而蜷作一团的“多情客”西格弗莱德。

基多则想到了他杀掉的那些阿拉伯人和土耳其人。

一切都白费了！

他们的爱情结果是一场空。他们谁都不是对方想象中的那个人。这个世界里其他人的爱情又何尝不是如此呢？这个故事的寓意不仅仅适合中世纪。

两个恋人的心同时碎了。

他们断气了。

与此同时，“螺丝刀”卡罗和“小锥子”贝奥武夫，还有他们的四十个[①]追随者，连滚带爬沿盘山小径往山下仓皇逃去，屁股撅得老高老高的。

---

① 前文说的是五十个追随者。本译者认为这不是笔误，而是作者有意制造的前后矛盾，它和开篇的“太阳缓缓东沉”一样，旨在暗示或嘲讽骑士文学的荒诞不经。

家庭女教师杰楚德

又名：纯真的十七岁

前面章节概要：

前面没有章节。

在苏格兰西洋岸这一夜狂风大作。不过，这一点对本故事并不重要，因为故事并不是发生在苏格兰西部。其实说到气候，爱尔兰东部海滩也是同样糟糕的。

本故事的大背景是英格兰南部，具体发生在诺泰珊提勒姆塔楼（人们称之为诺珊塔）及其附近，此地是诺泰珊特侯爵（人们常称之为诺什侯爵）的邸宅。

不过，在读本故事的时候，没有必要把这些地名、人名都拼读出来。

诺珊塔是一座典型的英国式家园。它的主要部分是一座用暖色红砖砌成的伊丽莎白时代的建筑，它更古旧的那一部分是一座古风依然的诺曼式塔楼——侯爵为它自豪到了过分的地步。塔楼旁边增设的建筑是金雀花王朝[1]的一个孤儿院和兰卡斯特王朝[2]的一座监狱。这座巨宅四周分布着大面积的树木和

① 金雀花王朝，1154 至 1399 年之间的英国王朝。
② 兰卡斯特王朝，1399 至 1461 年之间的英国王朝。

园子，其中的很多橡树和榆树不知已长了多少年，离宅子更近的地方则长着一丛丛的山莓和天竺葵，它们是当年的十字军种植的。

这座巨大的古宅四周热闹非凡，有画眉鸟婉转的吟唱，有鹧鸪沙哑的鸣声，还有小溪清脆甜美的喃喃细语。除了鸟类，还有大量的四足动物，如鹿、羚羊等在草坪上徜徉，它们那么柔驯地在吃着草，整天悠哉乐哉的。事实上，这里可以说是一个井然有序的动物园。

从古宅下坡，有一条美丽宽广的大道穿过园林，它是亨利七世国王修建的。

诺什侯爵正站在书房里壁炉前的地毯上。虽然作为政治家和外交官他训练有素，但他那贵族气十足的威严的脸还是因愤怒而失去了常态。

“小子，”他说，“你得和这个女孩结婚，否则我取消你的继承权。不再认你这个儿子。”

年轻的罗纳德爵士站在侯爵面前，以挑衅似的目光回敬侯爵。

“我不答应，”那年轻人说，“从今以后您不再是我的父亲。我要另找一个女孩。我只愿和我能爱上的女人结婚。我们从未见过的这个女孩——”

“傻小子，”侯爵说，“你愿抛弃我们的财产和这上千年的名声吗？我听说，那个姑娘很漂亮，她姨妈同意这门亲事，她们是法国人，哼！法国人可懂得这些。”

“可您的理由——”

“我不用说理由，”侯爵说，“听着，罗纳德，我给你一个月时间考虑。这段时间你得待在这儿。一个月后你要是不按我说的办，那我就和你一刀两断，一个子儿也不给你。”

罗纳德爵士什么也没说，他猛冲出书房，纵上自己的马，毫无目的地狂奔而去。

书房的门在罗纳德身后一关上，侯爵就颓然坐进了扶手椅。他的脸变了。它不再是一个骄傲的贵族的脸，说它像一个被通缉的罪犯的脸倒是蛮恰当的。“他必须娶那个姑娘，”他咕哝说，“不久她就会明白一切。塔切莫夫已逃离西伯利亚，他知道一切而且会说出来的。所有的矿山都遗赠给了她，还有这座宅子，那么我——够了！”他站起来，走到餐具橱边，舀了一大勺苦味杜松子酒喝下肚去，然后他又变成一个有教养的英国绅士。

就在这当儿，或许已有人注意到，有一辆高高的狗车正驶进诺珊塔的林阴道，驾车的小伙子穿着诺什侯爵家的特别制服。他身边坐着一个年轻姑娘，看上去她比一个孩子大不了多少，事实上她也没有车夫个儿大。

她戴着一顶形状像苹果馅饼的帽子，上面插着些黑色的柳状羽饰，帽子遮住了她的脸部——那看起来太像一张脸了，因此毫无疑问是一张脸。

来客——我们得介绍一下——是家庭女教师杰楚德，她今天前来诺珊塔任职。

在狗车驶进林阴道的一头的同时，或许已有人注意到，一个高高的年轻男子正从另一头骑马而来，他那张表明身世的贵族气十足的脸长长的，而他所骑的那匹马的脸甚至比他的更长。

这个随着马的每一跨跃离杰楚德越来越近的高个儿男子是谁呢？噢，他到底是谁呢？是谁呢？我不知读者诸君是否能猜得出来，此公不是别人，正是罗纳德爵士。

他们俩命中注定要相遇。瞧，他们越来越近了。啊，更近了。接下来的那一瞬间他们相遇了。彼此擦身而过的时候，杰楚德抬起头来看那个贵族青年，她那双简直能说话的圆圆的眼睛绝非一般眼睛可比。而罗纳德爵士也向狗车乘客投去凝视的目光，其炽烈程度只有瞪羚或煤气管能比。

这是不是爱情的萌芽呢？等着瞧吧。别把故事给搅了。

我们还是先介绍一下杰楚德吧。杰楚德·德蒙哥穆伦奇·麦克弗京既不知道她的父亲是谁，也不知道母亲是谁。在她出生之前几年他们俩就去世了[①]。对母亲她所知无几，只知道她是法国人，长得非常漂亮，还知道她的所有长辈甚至她生意上的那些朋友都在法国大革命中丧命了。

不过杰楚德珍视父母的记忆。她的胸口挂着一个串在项链上的小金属盒，里面珍藏着她母亲的小像，她的背心处则挂着

① 父母在她出生前就去世了，那她怎么出生？作者不惜言过其实，旨在强调她早已父母双亡。

她父亲的一张银版相片。她把祖母的一幅画像揣在衣袖里，把表兄表姐们的照片藏在靴子里，另外还——噢够了，犯不着多举了。

对父亲她所知甚至更少。他是一个出身高贵的英国绅士，曾云游四方，在很多地方住过，她知道的就这些了。他留给杰楚德的遗产只有一本《俄语语法》、一本《罗马尼亚成语集》、一个测角度用的经纬仪和一本关于采矿工程的书。

从婴儿最早期起杰楚德就由姨妈抚养。她姨妈精心地向她传授了基督教的所有教义。她还对她讲伊斯兰教教义以免她陷入迷误。

杰楚德十七岁的时候，她姨妈得狂犬病离开了人世。

她姨妈遭逢此运的前因后果是一个谜。那一天有一个穿俄罗斯服装的留络腮胡子的奇怪男子来拜访过她姨妈。他走之后，杰楚德发现姨妈晕厥过去了，从此姨妈就进入了一种胡言乱语的状态而且再没有恢复常态。

为了无损于这不幸者的声誉，人们称她患的是狂犬病。总之，杰楚德就这样被抛到了世界上。往后怎么办呢？她必须面对这个咄咄逼人的问题。

有一天杰楚德刚好在沉思自己的命运，突然她看到一则广告：

> 欲聘一家庭女教师，要求懂法语、意大利语、俄语、罗马尼亚语、音乐和采矿学。薪水为每年一英镑四先令零四个

半便士。有意者可于十一点半至十一点三十五分之间到贝尔格雷韦亚梯形街第六区四十 A 号洽谈。诺什侯爵夫人启。

杰楚德是一个天生聪敏、富于悟性的姑娘，对这则广告沉思了半个小时之后，她就领悟到广告所要求的学识刚好和她所具备的一样。

她准时赶到了贝尔格雷韦亚梯形街去谒见侯爵夫人，夫人接待小姑娘的态度是那么和蔼，使小姑娘立即就安下心来。

“你精通法语，对吧？”侯爵夫人问道。

“噢，是的。”杰楚德用法语谦恭地回答。

“还有意大利语？”侯爵夫人继续问道。

“噢，没错。”杰楚德用意大利语回答。

“还有德语吧？”侯爵夫人高兴地问道。

“对的。”杰楚德用德语回答。

“还有俄语吧？”夫人问道。

“是的。”杰楚德用俄语回答。

“罗马尼亚语呢？”夫人问道。

“也懂。”杰楚德用的是罗马尼亚语。

小姑娘如此精通现代语言，这令侯爵夫人吃惊不小，她仔仔细细地端详着小姑娘。那张脸她以前在哪儿见过呢？她若有所思地用手拂了一下眉头，朝地板上吐了一口痰，可是没有，她怎么也想不起来。

“够了，”她说，“我这就聘用你，明天你就到诺珊塔去，开始教那些孩子吧。另外我还要补充一点，你还得帮助侯爵处理他的俄文信件。他在彻明斯基有大宗矿产。”

彻明斯基？为什么这个简单的地名在杰楚德耳里不断回响呢？为什么呢？因为它刚好是她的父亲写在他那本采矿学著作的扉页上的地名。其中到底有些什么奥妙呢？

接下来的第二天杰楚德就乘车到了那条林阴道上。她从狗车上下来，穿过一群围成七层的穿制服的仆人，她给他们每人一个金镑，然后就进了诺珊塔大宅。

“欢迎。”侯爵夫人一边说，一边帮杰楚德拿箱子上楼。

姑娘不久就下了楼并被带进了书房，在那里她被引荐给了侯爵。目光一落到新来的家庭女教师脸上，侯爵就明显地惊了一下。他在哪儿见过这张脸呢？到底在哪儿呢？在赛马场，或是在剧院——在公共车上吧——噢不。一根记忆的游丝在他心里晃悠。他匆匆地走到餐具橱前，舀起一勺半白兰地酒喝下肚去，然后他又再次变成了一个完美的英国绅士。

杰楚德到幼儿室和那两个即将由她管教的金发小童会面去了，我们还是来说说侯爵和他儿子的事吧。

诺珊侯爵属于完美型的英国贵族和政治家。在他的外交生涯中，他曾在君士坦丁堡①、圣彼得堡②和盐湖城③待过多年，这练就了他的老谋深算并为他的贵族出身锦上添花。而他在圣

① 君士坦丁堡，昔日土耳其之首都，今名伊斯坦布尔。
② 圣彼得堡，沙皇时代俄国首都。
③ 盐湖城，美国犹他州首府。

赫勒拿岛[1]、皮特肯岛以及安大略的汉米敦度过的漫长岁月，则使他变得更富于主见，不易为外部印象所动了。作为全国民众自卫队的副军需官，他领略过军旅生活更可怕的那一面，而世袭的宫廷侍从职位，又使他与皇家本身保持着直接联系。

他对户外活动的热情使他深为他的住客们喜爱。作为一个热衷户外运动的人，他擅长打狐狸、捕狗、杀猪、抓蝙蝠以及他那个阶层的其他娱乐。

在户外活动方面罗纳德爵士可以说是子承父志。从一开始这个年轻人就表现得极有发展前途。在伊顿公学，他在板羽球和羽毛球方面有出色表现；在剑桥大学，他的缝纫技术是全班第一。在人们的私下交谈中，他的名字已与全英乒乓球赛冠军称号联系在一起——果真夺冠的话，那他无疑会在国会占一席之地。

家庭女教师就这样在诺珊塔安顿下来了。

一个个日子、一个个星期过去了。

杰楚德这个孤儿、这个美丽的女郎的纯真的魅力迷住了所有人的心。她那两个小学生成了她的奴隶。“我爱你。”小拉斯赫尔弗里达常常这么说，同时把金发的小脑袋枕在杰楚德的膝上。甚至那些仆人都爱她。大园丁常在她起床之前抱一大束美丽的玫瑰送到她的房间，二园丁则给她送来一大把刚长出来的菜花，三园丁送的是一株老芦笋，连第十和第十一个园丁都给

---

① 圣赫勒拿岛，大西洋南部一英属小岛，拿破仑于 1815 年被放逐并于六年后死于此。

她送来了一枝饲料甜菜或是一捆干草。整个白天，她房里都挤满了园丁，而到了晚上，年迈的男管家有感于举目无亲的姑娘的孤独，会轻轻地敲响她的房门，给她送来黑麦威士忌和德国矿泉水，或一盒匹兹堡雪茄。连那些不会说话的动物都好像在向她表达一切尽在不言中的倾慕。白嘴鸦们一声不吭地在她肩上栖息，附近的每一条狗都默默地跟随着她。

还有罗纳德！噢，罗纳德！没错，当然有他！他们碰到一起了。他们还一起说过话哩。

“多阴沉的早晨！”杰楚德说道，然后又用法语和德语重复了两遍。

“糟透了！！”罗纳德回答说。

“糟透了！！”这一回答一整天都在杰楚德耳朵里回响。

自那以后他们俩就形影不离了。白天他们一起玩网球和乒乓球；晚上，按侯爵府的刻板程序，他们和侯爵及侯爵夫人一起坐下来玩二十五分钱的扑克牌，此后他们还要一起坐在走廊里，看着月亮从一边天际走向另一边。

没过多久，杰楚德就意识到罗纳德爵士不仅爱和她打乒乓球，而且还对她别有一份温情。有时候，尤其是吃完晚饭之后，当着她的面，他会突然羞怯地陷入沉思。

有一天晚上，杰楚德回到房间，在准备脱衣睡觉之前，她推开窗户，居然看到了罗纳德爵士的脸。他正坐在她窗下的一丛荆棘里，他那向上仰着的脸痛苦而苍白。

不知不觉日子一天天过去，诺珊塔的生活按英国大家庭的惯常程序往前推移。早上七点钟打锣是起床，八点钟吹号是吃早饭，八点三十分吹口哨是祈祷，下午一点升旗是吃午饭，下午四点鸣枪是喝下午茶，晚上九点第一次打铃是穿礼服，九点十五分第二次打铃是继续穿戴，而九点三十分放小火箭表示晚餐已准备好了。午夜时晚餐结束，凌晨一点又有铃声敲响，举家上下做晚祷的时间到了。

就这样侯爵给罗纳德爵士限定的一个月一天天过去。现在已是七月十五日，过一两天便是七月十七日了，而紧接着又马上到了七月十八日。

有时候，在大厅里一碰到罗纳德爵士，侯爵就会很严厉地说："记着，孩子，你得答应，否则我取消你的继承权。"

那么侯爵对杰楚德是怎么看的呢？这正是姑娘在幸福之中感到一丝苦涩的地方。由于某种她没法弄清的原因侯爵对她流露出一种明显的憎恨。

有一次，她从书房门口经过，他向她投来一个脱靴器。还有一次单独和她吃午饭时，他野蛮地用一根香肠在她脸上打了个正着。

替侯爵翻译俄文信也在她的职责范围之内。她徒劳地试图借此解开有关彻明斯基的谜团。有一天一封俄文电报被送到了侯爵手里。杰楚德大声地为他译了出来：

"塔切莫夫去找了那个女人。她死了。"

听到这一消息侯爵恼怒得脸色煞白，事实上就是在这一天侯爵用香肠打了她。

后来的某一天，侯爵外出打蝙蝠去了，杰楚德为女性本能的好奇心驱使，不顾可能遭受的惩罚，内心里痒酥酥地翻遍了侯爵的往来信件，想不到居然找到了解开谜团的钥匙。

诺什侯爵不是诺珊塔的合法主人。它真正的主人是侯爵的一个远房表兄，侯爵在彻明斯基任大使时用奸计暗害了他，结果他枉死在了监狱里。这位表兄的女儿才是诺珊塔的合法继承人。

那些信函没有透露那个合法的继承人的名字，除了这一点侯爵的隐事可以说赤裸裸地暴露在杰楚德眼前了。

女人的心就是怪，杰楚德是不是因此就鄙弃侯爵了呢？不。她自己的悲惨命运使她学会了同情别人。

不过谜团还是没有完全解开！为什么侯爵每一次看她的脸都会颤一下呢（可以感觉出这一点）？有时候他惊颤的幅度达四厘米，因此别人可以看得一清二楚。在这种情况下，他往往会急忙喝下一勺酒或矿泉水，再次变成一个无可挑剔的英国绅士。

结局很快就出现了。杰楚德永远忘不了它。那是诺珊塔举行大型舞会的一个夜晚。附近所有的邻居都被请来了。杰楚德那颗满怀希望的心跳得多么厉害呀。她翻遍她少得可怜的所有衣物，以便穿得不至于在罗纳德爵士眼里太掉价，这时她是多么惶恐不安啊。她的衣服实在是太少了，好在有她从法国母亲那儿继承的穿着方面的内在天赋为她撑腰。她在头发里插了一朵玫瑰花，还用伞的内架和几张旧报纸为自己做了一身足以为舞会增辉的衣服。她在腰间系了一条用提袋的带子做的腰带，还把她母亲遗留给她的一小段花边用细线吊在一边耳朵上。

杰楚德吸引了所有人的目光。她随着音乐的旋律翩然起舞，那少女的欢快与纯真谁见了都会着迷。

舞会进入了高潮。简直是热火朝天！

罗纳德和杰楚德站在灌木丛中。他们互相对视着。

“杰楚德，”他说，“我爱你。”

虽然只是简简单单的几个字，可它们却震撼了姑娘的衣服的每一根纤维。

“罗纳德！”她说着把头依到了他肩膀上。

就在这个时候，侯爵突然出现在他们俩身旁，幽幽地站在月光下。他那严厉的脸因愤怒而扭曲了。

“好啦！”他说道，同时转向罗纳德，“看来你拿定主意了！”

“没错。”罗纳德傲慢地说。

“你愿娶这个身无分文的姑娘，而不要我替你选的继承了大笔财富的小姐？”

杰楚德惊讶地看看那个父亲又看看那个儿子。

“是的。”罗纳德说。

“就这么说吧，”侯爵说道，同时喝下一勺他拿在手里的杜松子酒，然后恢复了平静。“我得取消你的继承权。从这儿滚吧，再也别回来。”

“来吧，杰楚德，”罗纳德柔情地说，“我们一起走。”

杰楚德站在他们前面。那朵玫瑰已从她头上落下，那段花边已从她耳朵上脱落，那根提袋带子已从她腰上松开，那件报纸做的衣服也皱得不成样子了。虽然她衣发凌乱，面目全非了，可是她的神志却非常清醒。

“决不要这样，”她坚定地说，“罗纳德，决不要为我的缘故做这样的牺牲。”然后她转向侯爵，用冷冰冰的语调说：“别人也有自尊，先生，甚至能和您的相比。梅切尼柯夫·麦克弗京的女儿不必巴望任何人的恩赐。”

说着她就从胸口把她父亲的银版相片拿了出来并把它贴在嘴唇上。

侯爵一阵惊颤，好像被打了一枪似的。“那个名字！”他叫道，“那张脸！那张相片！够了！”

好啦！没有必要把故事讲完了。读者诸君想必早已猜出，杰楚德就是那个女继承人。

那对恋人投入了彼此的怀抱。侯爵那傲慢的脸色柔和下来了。“上帝保佑你们。”他说。侯爵夫人和众宾客拥出大厅，来到了草坪上。新的一天即将破晓，把喜庆的人们照亮。

杰楚德和罗纳德举行了婚礼。他们的幸福完美无缺。我们还有必要说更多吗？是的，不过只需再多说一点点。几天之后侯爵在猎场被打死了。侯爵夫人也被闪电夺去了性命。那两个孩子则殒命在一口井里。这么着杰楚德和罗纳德的幸福就完满无缺了。

一个布衣英雄

又名：赫泽基亚·海洛夫特的奋斗史

“你能给我一份活干吗？”

泥水匠工头从脚手架上居高临下地看着在下面说话的那个人。那小伙子仰着的脸上的某种东西引起了他的兴趣。他操起一块砖头朝小伙子砸去。

这小伙子名叫赫泽基亚·海洛夫特。他穿着一身家织布衣服，每只手都提着一个毡制旅行袋。他到纽约这个残酷的城市来，为的是找一份工作。

赫泽基亚继续往前走。不久，他在一个警察面前停了下来。

“先生，”他说，“您能告诉我去——”

没等他说完，那个警察已在他的一边脑袋上狠狠地勾了一老拳。

“我得教教你才是，”警察说，“竟问这种该死的蠢问题——”

赫泽基亚又继续往前走。过了一会儿，他遇到一个戴黑礼帽、穿黑背心、系白领带的男人，一眼便可看出此公是一个神父。

“好心的先生，”赫泽基亚说，“你能告诉我——”

随着一声土狼似的嗥叫，那神父一把抓住他，并把他的耳朵咬下一块来。没错，读者朋友，他真那么干了。一个神父在光天化日之下咬一个孩子，你想象一下！不过这种事在纽约是每时每刻都在发生的。

这就是那个残酷的大都市，想象一下在其中找工作是何种滋味！整天都在想方设法逃避工作的你我之辈，料想是没法明白那到底意味着什么的。想想看，孤零零一个人待在纽约，周围没有一个朋友或熟人，谁也不认识你，谁也不在乎你做什么，那真是要命！

有那么一会儿，赫泽基亚站在那儿不知如何是好。他茫然地向四周张望。他把目光投向大都会塔顶部。那儿没活可干。他的目光在马丁逊广场那边的摩天大楼群搜寻，可那儿同样没活可干。他头点地倒立着向上看那座熨斗形建筑，还是没发现可供他干的活儿。

那一整天以及接下来的那一天赫泽基亚都在找工作。

华尔街的一家公司登广告征招一名速记员。

“你会速记吗？”他们问道。

“不会，”穿布衣的小伙子说，“不过我可以试一试。”

他们把他从电梯扔了下去。

赫泽基亚没有气馁。那一天他求了十四次职。

沃尔多夫·艾斯托里亚酒店需聘一名厨师。赫泽基亚冲着这一职位去了。

“你会烹调吗？”他们问。

“不会，”赫泽基亚说，“不过，噢，先生，给我一次试的机会，给我一个蛋让我试一试吧——我会尽力而为的。”大滴大滴的眼泪从小伙子脸上滚了下来。

他们把他从办公室推到了走廊上。

接下来他又去求电报员职位。他对电报一无所知，这成了他被拒之门外的基本理由。

黄昏的时候赫泽基亚·海洛夫特饿了。他再一次走进沃尔多夫·艾斯托里亚酒店的门廊。门廊里站着一个穿制服的高高的男子。

“老板，”小伙子说，“您能信得过我，让我赊账吃一顿饱饭吗？”

他们放出狗来咬他。

读者朋友，这就是那个伟大都市的艰难与苦辛。

赫泽基亚·海洛夫特找工作找了十四个星期。有那么一两次他找到了临时的工作，可很快又失去了。

有几天他在一家信托公司当会计员。他之所以被解雇，是因为他不愿说谎。他在一家银行当出纳员当了约一个星期。他们解雇他是因为他拒绝伪造支票。还有三天他在百老汇大街的地面电车上当售票员。这回他被解雇是因为他一分钱都不愿偷。

读者朋友，这便是纽约生意场上的可怕堕落。

就这样日子一天天过去，而海洛夫特还是没找到工作。他省下的钱用光了。他再也没有别的钱了。他吃中央公园的草充饥，喝“虐兽号”马槽的水解渴。

渐渐地小伙子发生了改变，他的脸变得冷峻严酷了，伟大的纽约城已开始在他身上打下印记。

一天晚上，赫泽基亚站在人行道上。

很晚了，已远远超过十点。

空寂的街上只是偶尔有行人经过。

“老天作证！”赫泽基亚说道，同时向那残酷之城的华灯挥舞拳头，“我已穷尽所有正直的活法，现在我要来邪门的了！我要去乞讨。海洛夫特还从没干过讨饭这一行哩，”他苦笑了一下，“不过我要干它一干。”

一个穿着得体的男人从旁边走过。

赫泽基亚一把掐住他的脖子。

“你想要什么？”那个男人受到意外袭击，惊恐万分。“别找我要工作。老实告诉你，我没法给你提供工作。”

“我不想要工作，”赫泽基亚阴森森地说，“我是个乞丐。”

“噢！这就好，”那个男人松了一口气，说，“给，这是十块钱，拿去买点喝的吧。”

钱！钱！还有随之而来的一种新的力量感，它像麻醉剂一样涌向赫泽基亚的大脑。

“喝的，”他用沙哑的声音咕哝道，“对，喝的。”

“给我一瓶加蛋磷酸汽水。”他说着把钱往柜台上一扔。他将汽水一瓶接一瓶往肚里灌，一直喝到头昏脑涨。饮料的冲劲令他心乱意狂，他摇晃着在饮料店里走来走去，目中无人地在自动体重机上称了三四回体重，还从自动售货机里扯出了口香糖和一盒盒火柴，最后他踉踉跄跄地走到了街上，十三瓶磷酸汽水和一瓶撒尔沙根苏打水的冲劲令他飘飘欲狂。

“犯罪，”他嘶嘶地说道，“犯罪，犯罪，这正是我想要的。”

他注意到现在行人们毕恭毕敬地为他让路了。街道的那个角落站着一个警察。

赫泽基亚捡起一个卵石，打将过去，刚好打在那警察的耳朵上。

那警察淘气地朝他微微一笑，然后轻轻摇了摇手指表示斥责。十四个星期前为问路的事打他的正是这个警察。

赫泽基亚继续往前走，满脑子还是他那犯罪的念头。前面街上有一家奇货店，它的橱窗里陈列着各种新年礼物。

“卖一支左轮手枪给我。”他说。

“好的，先生，”售货员说，“你想要晚上外出佩的那种，还是一般家用的那种？我这儿的左轮枪应有尽有，你想要屋顶花园型左轮吗？”

赫泽基亚选了一支左轮枪，然后就走出了奇货店。

“现在好了，”他咕哝道，“我要找座屋子偷它一偷，搞点钱来。”

穿过第四十大街的时候，他相中了最好的住宅中的一座，他走过去按了按门铃。

一个穿制服的男子出现在灯火通明的大厅里。

“你的主人在哪儿？”赫泽基亚说着亮出了他的左轮手枪。

“他在楼上，先生，在数钱，”那人回答说，“不过他不喜欢别人打扰他。”

“带我去找他，”赫泽基亚说，“我想杀了他，把他的钱拿走。”

“太好了，先生，”那人恭顺地说，“你在二楼能找到他。”

赫泽基亚转过身来连开两枪，子弹穿透制服射进了侍者身体，然后他就上了楼。

在楼上的一间房里，一个男人正坐在桌边的台灯下。他的面前放着一大堆金币。

这是一个老头，他长着一张愚蠢却慈善的脸。

“你在干什么？”赫泽基亚问道。

“在数我的钱。”那个老头说。

“你是干什么的？”赫泽基亚厉声问道。

“我是一个慈善家，”那人说，“我把钱赠给当之无愧的人。我为英雄们颁发奖章，我奖励跳入海中的船长们，还有冒着生命危险把别人从楼上扔下去的消防队员；我送美国传教士到中国，送中国传教士到印度，还送印度传教士到芝加哥。我捐钱使大学教授免于饿死，尽管他们都该死。”

“住嘴！”赫泽基亚说，“该死的是你。站起来。张开嘴。闭上眼睛。”

那老头站了起来。

一声响亮的枪声。慈善家倒在地上。子弹穿过他的背心，他的吊裤带被打成了碎片。

赫泽基亚双眼闪烁着犯罪的迷狂之光，他大把大把地往袋里装金币。

下面的街上一片嘈杂与骚乱。

“警察来了！”赫泽基亚咕哝道，“我得放火把屋烧了，趁混乱溜出去。”

他划了一根安全火柴，用它去烧桌子腿。

桌子是防火的，燃不起来。他用火柴烧门。门也是防火的。他用火烧书架。然后又用它去烧那一本本书。它们都是防火的。所有的东西都是防火的。

他恼羞成怒，扯下自己的赛璐珞衣领，用火把它点燃。他在头顶舞动着它。一扇扇窗户吐出了巨大的火舌。

“火！火！”他欣喜地叫喊着。

赫泽基亚走到门口，把那燃烧的衣领扔进了电梯通道。一会儿，铁质的电梯，连同它的钢索，冒出了熊熊烈焰，然后电梯门上的黄铜附件着火了，不一会儿，电梯的水泥地板上的烈火噼噼啪啪的，已变得势不可挡。巨大的浓烟从屋子里直往外蹿。

“起火了！起火了！”下面围观的人叫道。

读者朋友，你是否在大城市见过起火的壮景呢？那可真是惊心动魄。你会发现，大城市虽然又大又可怕，可是在这种时候它却变得那么井然有序，体现了人类最完美的组织能力。

火几乎是刚燃起来，人们就已采取果断措施遏制它的蔓延了。瞧，一队又一队人在用桶传递水哩。

水被泼向毗邻的屋子正面，在街道上空飞来飞去，在电线杆上炸开，然后大股大股地溅到激动的人们身上。火场四周的每一个地方都不折不扣地被浇透了。人们按照统一的意志行动。一台很快在街上竖立起来的起重机升到了十六七英尺的高度。一个勇敢的男人站在它顶上，通过滑轮提上去一桶又一桶水。他凭着训练有素的消防队员的沉着与勇敢保持着平衡，在人群上方把一桶桶水朝各个方向泼洒。

火熊熊燃烧了一个小时。赫泽基亚站在火焰之中的一扇空窗户上，他迅速把左轮手枪装满子弹并且朝着人群一射而空。

街上的上百支左轮手枪接连不断地回应着。

对射持续了一个小时。有几个人差点儿被弹雨击中了，若真是击中的话，那肯定是致命的。

与此同时，火势渐渐减弱，一队警察冲进了那幢被烧毁的建筑。

赫泽基亚把左轮枪扔到一边，张开双臂迎接了他们。

“海洛夫特，”警长说，“我以谋杀、偷盗、纵火和谋反的罪名逮捕你。你挑起了一场了不起的枪战，伙计，很抱歉我们得履行职责逮捕你。”

海洛夫特露面的时候，下面的人群中爆发出一声巨大的欢呼。真正的勇气总是能让人打心底里钦佩的。

海洛夫特被押上一辆摩托车，摩托车飞快地向警察局驶去。

在路上警长递给他一个小水壶和一支雪茄。

他们闲扯了一下晚上发生的事情。

海洛夫特意识到一种新的生活向他敞开了。他已不再是原先那个被忽略的流浪汉。他已跻身于美国的罪犯阶层。

在警察局里，警长把他带到了他的牢房。

“我希望您能喜欢这间房，”警官有点迫不及待地说，“这是今晚我能给您的最好的房间了。明天我能给您一间带卫生间的，时间的确太仓促了，我相信在这里委屈一个晚上您不会介意吧。”

他道完“晚安”便关上了门。一会儿他又回来了。

“早饭怎么着？”他说，“您愿在自己房间吃，还是愿和我们一起在餐厅吃？司法当局盼着见您哩。”

第二天早上，赫泽基亚还没有起床，那个警长就已带着一套新衣服来到他的房间——一顶丝帽、一件长礼服、一条黑白方格呢裤子和一双带鞋罩的光亮亮的靴子。

“请接受这些东西，别介意，海洛夫特先生，司法当局很乐意让您在法庭上穿得体面一些。”

精心地穿戴好并刮好胡子之后，赫泽基亚下了楼。他被介绍给了司法当局的主要官员们，然后大家抽着雪茄愉快地聊了一个小时，谈的是头天晚上的大小事情。

整个上午，有几个人跑来拜访和祝贺赫泽基亚。

“我想告诉您，先生，”美国一家大报社的那位编辑说，“您昨天晚上干的活儿会传遍整个美国，成为大家谈论的热门话题。您向那个侍者开枪真是一次非常英勇的举动，先生，它对于捍卫未成文法大有好处。”

“海洛夫特先生，”另一个拜访者说，“真抱歉我以前不认识您。我们这儿的朋友告诉我说您已在纽约几个月了。先生，我真遗憾我们没认识您。这是我的公司的名称，海洛夫特先生。我们是本地一流的律师，我们希望能有幸为您辩护。我们能做到的！谢谢您，先生。现在，离开庭还有一两个小时，我想用我的摩托带您去我家。我妻子很想请您吃一顿午餐。”

法庭下午开庭。赫泽基亚到庭的时候庭内一片欢呼。

“海洛夫特先生，”法官说，“我准备把本案的审理延期几天。从我所听说的情况推断，你所经历的神经紧张一定是极其严重的。你的朋友们告诉我，你目前的心境不适合参加本案的审理，要等得到了充分的休息后您才会对此事有兴致。”

海洛夫特离开法庭的时候，一阵欢呼从听众席中响起，法官也跟着欢呼起来。

接下来的几天赫泽基亚可真是够忙的，不是接待来访者，就是和民权委员会之类谈话，还要为辩护做准备，其间赫泽基亚所表现出的天赋和才智令律师们倾慕不已。

报界人士千方百计进行采访。生意发起人纷纷来拜访赫泽基亚。他被定为几家一流公司的总裁，而且还有传言说，在他最终无罪获释之后，他将使美国所有的大型防盗公司合而为一。

审判在一个星期之后举行，并且持续了两个月。赫泽基亚被指控五项罪名——纵火罪，因为烧了电梯的钢笼子；行为不检点罪，因为向侍者开枪；偷盗罪，因为偷了那笔钱；杀婴罪，因为杀了那个慈善家；而向警察开枪未中，则更是罪上加罪的重罪。

诉讼程序相当复杂——专家证词取自美国的每一个角落。有关专家对慈善家的大脑作了解剖分析。结果什么也没找到。

陪审团整个儿因有偏见被解散了三次，后来又因无知被解散了两次，而最后则因蠢到极点而完全被取消了。

诉讼旷日持久地拖着。

与此同时，赫泽基亚生意方面的兴趣越来越浓厚了。

最后，在赫泽基亚本人的提议下，中止案件的审理已成必要。

“先生们，”在法庭的最后一次讲话中，他说，“我很抱歉我再也不能继续参加这些听证了。以后无论什么时候，只要我能从生意中抽出一两个小时的时间，我就会不负众望地来参加听证会。同时，请诸位放心，我会以最大的兴趣按你们的程序办事的。”

他在三阵欢呼和《友谊地久天长》的歌声中离开了法庭。

自那以后案件的审理从一个阶段到一个阶段无望地拖了下去。

纵火的指控以“原告撤回诉讼”了结了。偷窃的指控以“穷极必反”为由而中止了。杀害侍从则被宣布为情有可原的一时疯狂。

杀害慈善家的谋杀指控在普遍的赞同声中撤消了。过失造成的损失和海洛夫特损失的左轮手枪与弹药抵消了。诉讼文件的主体部分因一纸调取令被送到了联邦法院，并且提交到了美国最高法院。

它至今还放在那里哩。

与此同时，赫泽基亚一直稳坐盗窃安全公司执行总裁的宝座。作为纽约新兴的一代金融家的代表之一，他被选进美国国会的把握是十足的。

一个超级灵魂的伤心事

又名：玛丽·玛什纳夫回忆录

（由机器译自俄语原文）

你常看自己映在镜子里的脸吗？

我可常常这样。

有时候我一连几个小时站着，凝视自己镜中的脸，对它惊奇不已。有时我把镜子颠倒过来，目不转睛地盯着它。我苦思冥想那张脸意味着什么。看来它在用褐色大眼睛回望我，好像它认识我而且想和我说话似的。

我为什么要出生呢？

我不知道。

我每天对我的脸问一千次，但是得不到答案。

有时候别人——我的女仆尼特尼兹卡，或男仆贾卡勃——经过我的房间，看见我在对自己的脸说话，他们认为我是个蠢姑娘。

可我并不蠢。

有时候我扑到沙发上，把头埋在靠垫里。即使这时候，我还是找不到自己出生的理由。

我现在十七岁了。

我能不能活到七十七呢？啊！

我少说点能不能活过六十七，或活到六十七呢？噢！

要是我能活到这些岁数，那我能活到八十七吗？

我不知道。

我经常在夜间惊醒，眼神狂乱，为自己能不能活到八十七而迷惘。

接着的一天

今天出去散步时我碰到一朵花。它长在河岸边的草地里。

它正站在长长的花梗上做梦。

我知道它的名字。它叫楚普夫斯卡娅。我爱美丽的名字。

我弯下身子，对它说话。我问它我的心是否懂得爱。它说，它想我是懂的。

回家的路上我碰到一棵洋葱。

它躺在路上。

有人踩在它的茎上，把它踩烂了。它一定够痛苦的。我把它放进了我的胸口。整个晚上它都躺在我的枕边。

另一天

我的心在渴望爱！可我怎么谁也爱不上呢？

我试过了，可是办不到。我的父亲——伊凡·伊凡诺维奇——他块头那么大，人又那么好，可是我没法爱他；我的母亲，卡图莎·卡图莎维奇，她也同样块头大，可我没法爱她；还有我的哥哥，狄米特里·狄米特里维奇，我也没法爱他。

还有阿利克西斯·阿利克索维奇！

我没法爱上他。可我将和他结婚。我们已定了婚期。是在从今天起一个月后。一个月。三十天。为什么我没法爱上他呢？他又高又壮。他是个士兵。他在沙皇尼古拉·罗曼诺夫的卫队服役，可是我没法爱他。

接着又一天

瞧他们是怎样囚禁我的！干这些好事的是我的父亲伊凡·伊凡诺维奇，还有我的母亲（我这会儿忘了她的名字），还有其他所有的人。

我没法呼吸。

他们不允许我。

每一次我企图自杀他们都阻止我。

昨晚我又试了一回。

我放了一小瓶硫酸在我床边的桌子上。

它没有要我的命。

他们还阻止我跳河自杀。

嗨！

我不知道是为什么。我徒劳地问空气和树木为什么我不该自溺。它们给不出任何理由。

可是我渴望自由，自由如那些小鸟，如它们中最小的那一只。

我注视在风中摇曳的树叶们，我想成为一片树叶。

可他们所想的只是迫使我吃!

昨天我吃了一只香蕉!呸!

接着的一天

今天散步的时候我碰到一棵卷心菜。

它躺在树篱的一角。残忍的男孩们用石头把它赶到了那里。

我把它捡起来的时候它已经死了。

它旁边是一个蛋。

它也死了。啊,我哭得多么伤心——

今天早上

我的心跳得多厉害!**一个男人**走了过去。他走了过去,真的走了过去。

我从窗户看见他从园门边走过,去了河边那片草地,我心爱的楚普夫斯卡娅花就长在那里!

他显得多英俊啊!没有阿利克西斯·阿利克索维奇那么高,啊,不!而是又矮又宽又圆——形状就像上个星期死去的那棵美丽的卷心菜。

他穿一件天鹅绒夹克衫,手拿一张野营折叠凳,背上背着一个画框,嘴上则叼着一个弯弯的长柄烟斗,他的脸不像阿利克西斯的那么红那么粗,而是又细腻又美丽,还挂着一丝像照在宝石打磨粉上的月光似的微笑。

我爱上他了吗？我说不清。还没有吧。爱是一株柔弱的植物。你不能强迫它生长。

他经过的时候，我俯身出窗并向他投去一个玫瑰花蕾。

但是他没有看见。

接着我又向他投去一块肥皂和一把牙刷。可我没有打中他，于是他往前走了。

另一天

爱情已进入我的生活。它充满了我的生活。我再一次见到了**他**。我和他说了话。他在河边坐在折叠凳上。他坐在凳上，真是漂亮极了：他显得那么强壮，而他坐着的凳子是那么脆弱。

他面前放着那个画架，他正在作画哩。我对他说了话。

现在我知道他的名字了。

他名叫——写他的名字时我的心跳得多厉害啊——不，我不能写出来，我要悄悄把它说出来——他叫奥托·丁克尔斯皮尔。

难道这名字还不美吗？啊！

他正在画布上作画——美丽的色彩，有红色、金色和白色，它们一条一条的，向四面八方涂开，那么辉煌，还发着乳白色的光哩。

我惊奇地看着它。

我本能地对他开了口。“你在画什么呀？”我问道，“画的是圣婴吗?”

“不,”他说,“是一头奶牛!”

然后我再看了看,我可以看出那是一头奶牛。

我直视着他的眼睛。

“这将成为我们之间的秘密,”我说,“不要告诉任何别的人。”

我知道我爱上了他。

一个星期之后

每天早晨我都去河岸边的草地看奥托。

他坐在那儿作画,我则坐在一旁和他谈话,两只手握在膝盖边。我告诉他我所想的一切、所读的一切、所知道的一切、所感觉到的一切和感觉不到的一切。

他带着走神的表情听我说话,这说明他正在沉思,我已学会去爱这种神情,有时候他好像几乎就没在听。

我们之间的心灵交流是奇妙的。

我们互相激发对方的思想。

奥托是我的主人。我是他的弟子。

昨天我问他黑格尔[①]或史莱格尔[②]或威格尔[③]是否道出了人生的真谛。

① 黑格尔(1770—1831),德国大哲学家。
② 史莱格尔(1772—1829),德国批评家,诗人。
③ 威格尔,此人无从查考,疑为作者出于音韵谐趣考虑而杜撰的人名。

他说他不知道！我的奥托！

今天

奥托碰[1]了我！他碰了我！

对此的回忆令我多么激动！

我在河岸站在他旁边，我们谈话的时候，我的遮阳小花伞的把儿触碰了他的马夹最下面的扣子。

这好像一团火似的令我燃烧！

明天我要带奥托去见我父亲。

但今晚除了回想奥托触碰了我，我没有其他任何心思。

接着的一天

奥托触[2]犯了父亲！他为十个卢布触犯了他[3]。我父亲大发雷霆。我不知道那意味着什么。

我刚把奥托带到了我们家，他和我父亲伊凡诺维奇谈了话。晚上他俩坐到了一起。可现在我父亲发怒了。他说奥托想找他借钱[4]。

他为什么要发怒呢？

---

① 此处的“碰”，原文为“touch”，该词有“触碰”和“抚摩”等义。

② “触”的原文为“touch”，该词除有“触碰”之义，还有“触怒”之义，此处一语双关，汉语难以曲尽其妙。

③ 此句原文为“He touch him for ten roubles.”，其中的“touch”一词除有“触碰”、“触怒”等意思，在俚语中还有“向某人借钱”之义。此句也是一语双关，可译为“他为十个卢布触怒了他”，或“他向他借十个卢布”。考虑到与上文的连贯，只好取第一译义但去掉了“怒”字。

④ 借钱，原文为“touch”，该词还有“触怒”等义，参见前面两个注。

从此奥托被禁止来我们家，我只能到草地去见他了。

两天之后

今天奥托问我要信物。

我把我的帽针之一给他。可他说不行。他从我的腰带上取走了那个钻石扣。

我琢磨他的意思。

他的意思是，我对他的价值就像钻石对世俗之人的价值一样。

今天早上

昨天奥托问我要另一件信物。我从我袋里掏出一个金卢布，说应该把它分成两半，还说我们俩应每人半边。

但奥托说不行。我揣摩他的意思。把金币破开会破坏我们的爱情。

他要为我们俩珍藏它，它将永远像我们的爱情一样毫无破损。

这难道不是一个很美妙的想法吗?

奥托的思想是那么深邃。他的思想包罗一切。

今天他问我是否还有另一个金卢布。

接着的一天

今天我拿给了奥托另一个金卢布。

看到它的时候他双眼闪烁着爱意。

作为回应他给了我一个铜戈比[1]。我们的爱将像黄金一样纯粹，像黄铜一样坚硬。

这难道不美吗？

后来

我真害怕阿利克西斯·阿利克索维奇会回来。

我害怕他要是回来的话奥托会杀了他。奥托是那么沉静，我不敢去想他要是被惹恼了会发生什么事。

接着的一天

我对奥托说了阿利克西斯的事。我告诉他阿利克西斯是个士兵，在沙皇的卫队里服役，还说了我已被许配给他的事。开头奥托不愿听我说。他生怕他的愤怒会胜过他的自制力。他开始叠他的折叠凳了。

然后我告诉他阿利克西斯一时间还回不来，于是他才变得平静一些。

我乞求他看在我的份上不要杀死阿利克西斯。他对我许下了诺言。

另一天

我的父亲，伊凡·伊凡诺维奇收到了阿利克西斯的来信。

---

① 戈比，旧俄和苏联的货币单位，一个戈比只值一卢布的百分之一。

他十四天之后回来。他回来的第二天我要和他结婚。

与此同时，我还有十四天可以爱奥托。

我的爱美满无缺。它使我想去死。昨天晚上我再一次试图自杀。既然我已经体会到美满的爱情，我为什么还要活下去呢？我把一盒子弹放在我床边。我醒过来时安然无恙。它们没有要我的命。但我明白这意味着什么。它意味着奥托要和我一起死。我必须告诉奥托。

后来

今天我告诉奥托我们必须自杀，还告诉他既然我们的爱是如此美满，那我们就没有权利活下去。

开始他显得很不自在。

他建议说我应该先自杀，而他该在我的坟边饿死。

但我不能接受他的这种牺牲。

我转而提议由我帮他在海边上吊。

他要好好想一想。要是他不上吊，他就要开枪自杀。我已把我父亲的左轮手枪带给了他。接枪的时候他是那么感激。

接着的一天

为什么奥托好像在躲着我呢？他是不是有某种我没法分担的苦衷呢？今天他把他的凳子移到了草地的另一边。他坐在一簇接骨木后面的长草丛里。开始我没看见他。我满以为他已经上吊。可是他说行不通。他忘记带绳子了。他说他已试过开枪自杀。可是他没有打中自己。

五天之后

奥托和我不准备去死。我们要活下去，要永远活下去并且相爱！我们要出走，一起去闯世界！我多幸福啊！

奥托和我要一起逃走。

等到阿利克西斯来时我们已经走了；我们要一去不回。

我已告诉奥托我要和他一起出走，而他已经答应了。

我告诉他我们要一起去闯世界，两手空空地奋勇同行，与世界公然对抗。我说他应该当我的侠仆，我的骑士！

奥托说他将当我的骑士。

他已经同意。但是他说我们不该双手空空上路。我不知道他为什么想到这一点，但由于他很坚决，我也就服从了我的主公。他承担了我们所有的准备工作。

每天早上我都把我的东西带一小包到草地那儿，把它们交给我的骑士，由他把它们带到他住的旅馆。

上个星期我带去了我的首饰盒，而昨天，在他的要求下，我从银行里取出了我的存款，把它交给了我的骑士。把它存在他那儿是万无一失的。

今天他说我需要某些小东西帮助我在我们出走后怀念我的父亲和母亲。因此我在我父亲熟睡时拿走了他的金表。我的英雄！他为我的幸福想得多周到！

接着的一天

一切都准备好了。明天我要带上那只表和其他的东西去草地和奥托会面。

明天晚上我们要一起出逃。我要到下面花园的那道小门那儿去，奥托会在那里等我。

今天我在屋里和花园里转了一遍，向它们道了别。我已向我的楚普夫斯卡娅花说了再见，还有那些鸟儿和蜜蜂。

明天一切就要结束了。

接着的一天

对已发生的事情我怎么写得下去！我的灵魂整个儿地破碎了。

我最害怕的一切终于发生了。我还怎么活下去！

阿利克西斯回来了。他和奥托进行了决斗。

噢上帝！那太可怕了。

当时我和奥托站在草地上。我给他带来了那块表，我把它给了他，连同我所有的爱和我的生活。

我们站在那儿，然后，我转过身来，看见阿利克西斯穿过草地大迈步朝我们走来。

他多高啊，真有战士的样儿！一个念头闪过我的内心：要是奥托杀了他的话，那他就会僵硬硬地躺在那儿，一点生命的气息都没有了。

“快走，奥托，”我叫道，“走，你要是不走会杀了他的。”

奥托一看，发现阿利克西斯来了。他向我瞟了一眼：他的脸充满了无限的意义。

接着，看在我的份上，他跑了起来。他的样子多高贵啊。多勇敢的心！他不敢留下来冒险让他的怒气爆发。

但阿利克西斯赶上了他。

然后他们在河岸边斗了起来。啊！看他们斗真可怕。难道男人们扭打在一起不可怕吗？

我只能站在一旁拧手指，看着他们干着急。

首先，阿利克西斯抓住奥托裤子上的皮带，把他举在空中旋了一圈又一圈。奥托在旋的时候我能看清他的脸：还是流露着他转身跑时的那同一种无言的勇气。阿利克西斯不停地旋奥托，直到那条皮带断裂，奥托重重地跌在草丛中。

这是打斗的第一回合。

然后阿利克西斯站在奥托旁边，从后面踢躺在草丛中的奥托，他们这样又斗了一阵子。这是第二个回合。接着是第三个也是最后一个回合。阿利克西斯拿起画框，把那幅画正对着奥托的脑袋碰了下去。画框和画就像衣领似的套到了奥托脖子上。然后阿利克西斯连人带框把奥托举了起来，扔进了那条小河。

他漂浮而去！

我的骑士！

他漂浮而去！

我能看见他漂浮着顺流而下，穿过草地，脸还仰着哩！它充满了顺从命运的深沉表情。

然后阿利克西斯向我走来，他用双臂抱起我，托着我穿过草地——他是那么高那么壮——同时低声对我说他爱我，还说从明天起他就要保护我不受世界的侵害。就这样他抱着我走过草丛和花簇，来到了我们家。那里有我的父亲伊凡·伊凡诺维奇和我的母亲卡图莎·卡图莎维奇。而我明天就要和他结婚。他从那家旅馆取回了我的首饰和我的钱，他还把奥托从我的腰带上取走的那个钻石扣带回来给了我。

这叫我如何忍受？阿利克西斯要带我去彼得堡，他在那儿买了一幢漂亮的房子，我将和他一起住在那儿，我们会很有钱，我会被带去尼古拉·罗曼诺夫和他妻子的皇宫抛头露面。噢！这难道不可怕吗？

我唯一有心思去想的是奥托，他脖子套着画框顺流漂浮而去。从那条小河他会漂进第聂伯河，从第聂伯河他会漂进巴格河，从巴格河他会漂进伏尔加河，而从伏尔加河他又会漂进里海。到了里海就再没有出路了，那么奥托会永远永远在那里兜圈子。

这难道还不可怕吗？

没入海草

又名：海上翻船

（一个老掉牙的海洋故事）

那是一八六七年八月，我踏上“索西·萨利”号的甲板，去担任船上的二副，当时这船还停泊在格雷夫桑德的船坞里。

我是一个高大英俊的小伙子，长得方正有力，皮肤呈青铜色——得之于日月之光（有些部位甚至因星辰的作用成了古铜色），一脸的诚实、聪慧和过人才智，而且脸上还流露出纯朴、谦逊和基督精神。

一踏上甲板，看见我的水手模样映照在桅杆旁的一个沥青桶里，我不由产生一种胜利的感觉。过了一会儿，我又注意到我的模样倒映在一桶污水里，这时我简直没法抑制内心的满足感了。

“欢迎加盟，布洛哈德[①]先生，”比尔吉[②]船长大声喊道，他走出罗盘室，从船尾栏杆伸过手来和我握手。

我发现站在我面前的是一个有模有样的水手打扮的人物，他年纪在三十到六十之间，脸干干净净地刮过，不过留着大大的络腮胡、厚重的山羊胡和两撇浓密的八字胡，他体格强壮有

---

① 布洛哈德，原文为“Blowhard”，字面意义是“狠狠地吹”，此处作姓氏。

② 比尔吉，原文为“Bilge”，字面意义为“船底污水”或“傻话”，此处作姓氏。

力，臀部发达高耸，穿着一条宽大的细帆布裤子——裤子是那么宽大，在臀部处写下一部英国海军史想必版面也足够了。

站在他身边的是大副和三副，他们俩个子不高、言语不多，在他们看船长的眼神中我看出某种类似忧郁的表情。

船处在启程前夕。她[①]的甲板上是一派让水手感到特别亲切的忙乱和欢快景象。水手们正在忙碌着，有的在钉桅杆，有的正从旁边吊斜桅，有的在给甲板两侧的排水孔上光漆，有的在升降口往下倒热沥青。

比尔吉船长以其粗犷的水手方式不断地用扩音器对水手们喊话：

“喂，省着点，别把吃奶的力都用掉了，先生们，请记着，我们还有的是时间。别老在太阳底下晒着。把那边的缆绳拉过来，小心点，琼斯，我担心那对你来说高了一点。啧，啧，威廉斯，别把沥青闹得满身都是，那样子怎么见人？”

我斜靠在主帆的斜桁上，我在想——是的，亲爱的读者，在想我的母亲。我希望至少凭这一点你以后会想到我。无论何时有什么不太顺心，我都会倚靠在什么东西上面想念我的母亲。要是情况变得更糟，那我就会用一条腿站立着并想念一下我的父亲。然后我就可以面对任何麻烦了。

我是不是还想念另一个人，一个比母亲更年轻比父亲更美丽的人呢？没错，我是在想这么个人儿。“坚强点，亲爱的。”

---

① 西方人用“她”来称船舶、城市等，表示钟爱之情。

当她把头依偎在我的油布工装上，同时带着少女的痛苦向后踢脚跟的时候，我曾经这样对她喃喃耳语："过五年航海就结束了，然后再过三年我就会回到你身边，到那时我就有足够的钱买一张二手渔网并在岸上定居下来了。"

在我想心事的同时，船上的准备工作完毕了。所有桅杆都已到位，所有的船帆都钉了起来，拿斧的水手正在砍搭在船和码头之间的木板。

"都准备好了吗？"船长大声问道。

"好了，准备好了，先生。"

"那就起锚吧，派个人拿钥匙下去打开酒吧。"

打开酒吧！这是启航前的最后仪式，也是一个伤心的仪式。在航海中我不知已见过它多少次了：一小群被迫背井离乡的男人马上就要启程了，他们带着伤心的神情站立着，在等那个带钥匙的人打开酒吧——他们呆立在那儿，像被某种奇怪的魔力摄住了似的。

第二天早晨，和风在船尾吹送，我们的船轰隆轰隆地绕过英国的海角，不久便沿英吉利海峡南下了。

我觉得，对那些从没亲眼目睹过的人来说，没有比英吉利海峡更壮观的了。它是全世界的海上通衢。世界各国的船只都在这里南北穿梭，有荷兰的，有英格兰的，有委内瑞拉的，甚至还有美国的。

中国平底大帆船来来往往。战舰、摩托艇、冰山和木筏子随处可见。要是我再补充一点，读者便可想见海峡的恢宏气象了：厚厚的浓雾笼罩海面，简直把整个海峡都给蒙住了。

现在我们已在海上航行了三天。我开始时那种晕船的感觉渐渐消失了，而且对父亲也想得少些了。

第三天早上，比尔吉船长下到我的舱房来。

“布洛哈德先生，”他说，“我得提醒你，要加倍小心。”

“发生了什么事？”我问道。

“大副和三副都从船上掉到海里去了。”他很不自在地说，同时避开我的眼睛。

我装出心安理得的样子，说：“没关系，先生。”可我内心却禁不住犯疑，总觉得大副、三副在同一个晚上落水有点蹊跷。

无疑其中准有某种奥秘。

两天后的早上，船长又带着上次那种躲躲闪闪的、不自在的神情出现在餐桌边。

“又有什么不对劲的事吗，先生？”我问道。

“是的，”他回答说。他一边强装镇定，一边用手指把一个煎蛋捏来捏去，他神经质地捏得那么用力，几乎把蛋捏成了两半——“很抱歉告诉你，我们的水手长又没了。”

“水手长！”我惊叫道。

“是的，”比尔吉船长说，显得平静了一些，“他掉到海里去了。这事儿我也有点责任。事情发生在今天早晨。当时我叫他探身子去察看一座冰山，我用双臂抱着他，结果，老实告诉你，纯属偶然——我让他掉进了海里。”

“比尔吉船长，”我问道，“你采取了什么措施救他吗？”

“至今没有。”他不自在地回答说。

我目光直直地看着他，但什么也没说。

十天过去了。

谜团越来越大。星期四那天，据报告右舷当班的两名水手不见了。星期五那天，助理木匠失踪了。星期六晚上又发生了一件怪事，它虽然是小事，却为我了解船上正在发生的事提供了线索。

当时大概是子夜，我刚好在掌舵轮。我看见船长抓着服务生的腿把他横扛在肩上，摸着黑向船尾走来。服务生是一个开朗的小个儿小伙子。他欢快的性格已使我喜欢上他。于是我饶有兴趣地观察着，看船长要对他干些什么。到达船尾之后，比尔吉船长戒备地朝四周张望了一会儿，然后就把那小伙子丢进了海里。那小伙子的头在波涛的粼光中浮沉了一会儿。船长朝他砸过去一只靴子，深深地叹了一口气，然后就下到船舱里去了。

谜底就在这里！是船长把水手们扔下海去的。第二天早晨，我们又像往常一样在早餐桌边见了面。

“可怜的小威廉掉到海里去了。”船长一边说，一边抓起一块船上的熏肉，开始用牙齿撕咬，好像真有意要吃它似的。

“船长，”我非常激动地说，一边用餐刀狠狠地戳一条面包，简直要把面包戳烂了——“是你把那孩子扔下海的！”

“是我，”比尔吉船长说，他突然变得镇定了，“他们都是我扔下海的，我还准备把其他人也扔下去。听着，布洛哈德，你年轻有力、雄心勃勃而且值得信任。我想和你交个知心朋友。”

现在完全的平静笼罩了我们。他走向一个柜子，在里面翻了一阵子，抽出一张褪了色的黄色羊皮纸，然后把它摊在桌上。那是一张地图或海图。它的中心有一个圆圈，圆圈中央有一个小点和字母T。图纸的一端标着字母N，与它相对的另一端标有字母S。

“这是什么？”我问道。

“你猜不出来吗？”比尔吉船长说道，“这是一个荒岛的地图。”

“啊！”我突然灵机一动，答道，“N表示北方，S表示南方。”

“布洛哈德，”船长说着用力敲了一下桌子，致使餐桌上的一条面包蹦跳了三四次，“你说对了。我原来还没想到这点哩。”

“字母T代表什么呢？”我问道。

“代表财宝，埋藏在那里的财宝，”船长说，他把地图翻过来读背面的说明，“T点表示埋财宝的确切地点，财宝共计五十万西班牙金币，用一口褐色皮衣箱埋在沙子里。”

“那宝岛在哪里呢？”我欣喜若狂地问道。

“我也不知道，”船长说，“我准备沿各纬度线来回寻找，不找到决不罢休。”

“在找的同时该做些什么呢？”

“与此同时，要做的第一件事就是减少水手的人数，人越少各人分到的钱就越多。没错，就这么着，”他表现得那么直率坦白，让我一下子爱上了他，尽管他有不少缺点，“您愿和我一起干吗？我们要把他们全都扔到海里去，留厨师到最后，然后把财宝全挖出来，那我们下半辈子就什么都不用愁了。”

读者朋友，假如我答应了他，那你会责骂我吗？我当时是那么年轻、热心、雄心勃勃，充满了美好的希望和孩子似的热情。

“比尔吉船长，”我握住他的手说，“我听从您的吩咐。”

“好，”他说，“现在你到水手舱去，看看那些家伙在想些什么。”

我于是去了水手舱——船前部的一间陈设朴素的舱房，里面铺着一块粗糙的地毯，摆着几把简陋的扶手椅、几张书桌、一个造型简单的痰盂和几张带蓝绿相间的屏风的小铜床。现在是星期天早晨，水手们大多是穿着睡衣坐在那儿。

我一进去他们就站了起来并向我致意。

“先生，”副水手长汤普金斯说，“我认为我有责任告诉您，水手们有极大的不满情绪。”

有几个水手点了点头。

“大伙儿对老是有水手掉进海里很不满，”他继续说，因无法抑制的激动而提高了声调，“这绝对是荒唐的，先生，要是您不在意的话，我就实话告诉您，大伙儿很是反感。”

“汤普金斯，”我严厉地说，“你必须明白，我的身份不允许我听到如此大逆不道的话。”

我返回到船长那儿。“我觉得水手们想谋反。”我说。

“好，”比尔吉船长一边说，一边摩拳擦掌，“那会叫他们多数人丧命的，当然，”他沉思着补充说，一边从尾舱宽大的老式舷窗望出去，看着南大西洋汹涌的波涛，“我估计海盗随时可能来袭，那会干掉他们不少的。不过，”——他按一下铃把服务生召了来——“请叫汤普金斯先生来一下。”

“汤普金斯，”副水手长一进来，船长就说，“请你站到柜子上面，把头伸出尾舷窗看看，然后告诉我你对天气状况的高见。”

“好的，好的，先生。”那个头脑简单的水手回答说。我和船长默默地会心一笑，交换了一下眼色。

汤普金斯站到柜子上，把头和肩膀伸出了舷窗。

我们每人抓起他的一条腿往外一推。我们听见了他坠入海中的声音。

“汤普金斯好办，”比尔吉船长说，“对不起，我得把他的死记入航海日志。”

“没错，”他紧接着继续说，“要是他们叛乱，那可就帮大忙了。我猜他们会的，迟早的事儿。这通常都会发生的。不过在我们与海盗遭遇之前，我得暂停行动，以免挑起叛乱。同时呢，布洛哈德先生，”他说着站了起来，“要是你能每个星期再丢那么一两个下去，我会万分感激的。”

三天之后我们绕过了好望角，进入了海水如墨的印度洋。我们现在的航线呈“之”字形，而天气又是那么好，我们在一平如镜的海面上以疯狂的速度蜿蜒而行。

第四天一艘海盗船出现了。读者朋友，我不知道你是否曾见过海盗船。即使最勇敢的人见了它都会心寒。它整个儿是漆成黑色的，一面黑旗挂在桅杆尖上，大大小小的帆也是黑色的，在甲板上肩并肩操练的海盗们也是一色的黑衣。只有船首赫然写着“海盗船”三个白色大字。它一出现我们的水手显然就被吓住了。那种架势连狗看了都会害怕的。

两艘船靠到了一起。然后，两条船被用捆麻袋的绳子牢牢地绑在了一起，一块跳板在中间架了起来。一会儿，海盗成群地拥上了我们的甲板，他们眼睛狂转，咬牙切齿，还在磨指甲哩。

接着战斗开始了，战斗持续了两个小时——包括中途休战吃午饭的十五分钟。那场景真是可怕。海盗与我们的水手扭打在一起，互相从后面踢屁股，互相打对方耳光，而且有很多人完完全全地火了，千方百计地想咬对方一口。我看见一个大块头的年轻海盗舞动着一块打了结的毛巾，在我们的人中间横冲直闯，直到比尔吉船长冲过去，用一块香蕉狠打他的嘴巴，他才败下来。

在两个钟头过去的时候，经双方同意，战斗以双方平手宣告结束。双方的比分是六十一分半比六十二分。

两艘船被解开了，在双方全体水手的三声欢呼声中，她们又各自开始了自己的航行。

“这下好了，”船长在一旁对我说，“现在我们看看有多少人累坏了，刚好可以不费事儿地扔下海去。”

他下到船舱里去了。几分钟之后他又上来了，脸色死白。“布洛哈德，”他说，“船在下沉。有一个海盗（当然，纯属偶然，我不怪任何人）在船的一边踢了一个洞。我们来听听那个洞的水声。”

我们把耳朵贴在船壁上。听声音是有水涌进船来。

水手们奉命用抽水泵抽水，干得那么疯狂——只有在即将沉没的船中面临灭顶之灾的人才能理解这种狂劲。

下午六点，进水孔涌进的水已达半英寸高，入夜时分水位已达四分之三英寸，而到天亮的时候，经过一夜不懈的苦干，水位已到八分之七英寸。

第二天中午水位已升到了十六分之十五英寸，而到第二天入夜时分积水已达三十二分之三十一英寸高。这情况令人绝望。假如以这种速度增加，谁都不知道几天后水位会升至多高。

那天晚上船长把我叫到了他的舱房。他面前放着一本印满数学表格的书，地上则到处丢着大张大张的写满普通分数的纸。

“船是肯定要沉的，”他说，“事实上，布洛哈德，她正在下沉。我可以证明这一点。也许要拖上六个月或几年，但要是她继续这样下去的话，她是必沉无疑的。除了弃船别无选择。”

那天晚上，当水手们忙着抽水的时候，船长和我趁着深深的黑暗造了一个筏子。

在谁也没有注意到的情况下我们砍下了所有的桅杆，把它们砍成合适的长度，十字交叉叠在一起，然后用靴带捆牢。

我们急匆匆地往筏子上搬了一箱罐头食品和一箱酒，还带了一个六分仪、一个气量计、一个自行车打气筒和其他一些科学仪器。然后，利用船自身的摇晃，我们把筏子放到了海里，自己则沿一根绳子下到了筏子上。在热带之夜的漆黑掩护下，我们划离了那艘注定沉没的船。

破晓的天光发现我们如同印度洋上的一个小斑点。我们看起来只有一个“·”大。

早上，在穿好衣服并精心刮了脸之后，我们打开食品箱准备吃喝。

接着我们的可怕处境显露出来了。

船长从罐头箱子里把那些蓝色的方形牛排罐头一个接一个拿了出来。我们共拿出来五十二个。我们焦急地查看着，直到拿出最后一个罐头脸都是绷着的。我们心里只有一个念头。罐头全拿出来了，船长在筏子上站了起来，用狂野的目光瞪着天空。

“罐头起子！”他尖叫道，“天哪，罐头起子上哪去了？”他扑倒在筏子上。

与此同时，我用颤抖的双手打开了装酒的箱子。里面装着一瓶瓶的陈啤酒[1]，每一瓶的瓶口都封有特别的锡箔。我把它们一瓶接一瓶拿了出来。总共有五十二瓶。拿出最后一瓶酒后，我发现箱子里什么也没有。我喊叫起来——“起子！起子！噢，老天爷开恩吧！开罐头的起子在哪儿呢！”

我扑倒在船长身上。

醒来时我们发现自己仍然只是大洋上的一个小斑点。我们甚至觉得比先前更渺小了。

头顶是热带铜光闪亮的天空。阴沉、铅黑的海水从四面八方拍打着筏子。我们身边则是乱七八糟的腌牛肉罐头和陈啤酒。我们在接下来的几天所受的折磨简直无法形容。我们徒劳地用拳头砸那些罐头。我甚至甘冒使罐头盒遭受永久性损伤的风险，疯狂地拿起罐头往筏子上狠砸。我们用脚踩它们，用牙齿咬它们，还狠狠地诅咒它们。我们用手猛扯啤酒瓶盖，把它们往罐头上敲砸，根本不管会不会砸烂瓶子和浪费酒了。

全是白费劲。

接下来的一天又一天，我们闷在筏子上。肚子被饥饿折磨得够呛，另外我们还没有书读，没有烟抽，甚至连聊天的话题都没有。

第十天船长打破了沉默。

“准备好抓阄，布洛哈德，”他说，“非这样不行了。”

---

① 陈啤酒，一种淡啤酒，酿成后贮藏数月，澄清之后再饮用。

“是呀，”我烦闷地说，“我们一天比一天瘦了。”

于是，面对同类相食的可怕前景，我们开始抓阄。

我准备了两根阄签，把它们伸到船长面前。他抽到了长签。

“这是什么意思，”他问道，在希望和绝望之间不住地颤抖，“我赢了吧？”

“不，比尔吉，”我凄凉地回答说，“你输了。”

不过我没有必要为接下来的日子多费笔墨了——那是些在筏子上慵懒地做梦的寂静而漫长的日子，在这段时间里我慢慢地恢复了体力——此前我已被贫乏与饥饿折磨得筋疲力尽。读者朋友，那可是一段非常深沉寂静的日子，每次缅怀那个使这段日子变成如此模样的勇敢的人，我都禁不住要流一两滴眼泪。

自那以后的第十五天，我被筏子撞岸的震动从沉沉的睡梦中惊醒了。我也许吃得太开心了，根本没注意到已接近陆地。

我面前是一个岛屿，它圆圆的形状和低矮的沙岸让我马上认出了它。

“宝岛，”我叫喊道，“我的英勇终于得到了回报！”

我急匆匆地冲到岛的中央。映入我眼帘的是一番什么景象呢？沙子里挖了一个巨大的坑，一个空空的衣箱躺在坑边，一块从船上取下来的厚木板插在沙子里，上面写着这样一些字：“索西·萨莉号，一八六七年十一月。”有这种事！这么说那些恶棍把船修好了，而且他们一定从我们一时疏忽而留在舱房桌子上的地图得知了宝岛，于是就驾船找了过来，把可怜的比尔吉和我本来可以稳拿的财宝洗劫一空了！

由于对人类的忘恩负义感到恶心，我在沙子上瘫坐下来。

这个岛于是成了我的家。

我挣扎着艰难地活了下来，以沙子和碎石果腹，以仙人掌之类植物为衣，一年又一年过去。吃沙子和泥土渐渐损害了我健壮的体格。我病倒了。我死了。我埋葬了自己。

但愿其他写海洋故事的人也能写得如此精彩。

穿石棉衣的人

——一则关于未来的寓言

首先我承认我是有意那么做的。也许部分是出于妒忌。

其他作家可以随心所欲地入梦回游四五百年，或是一头扎进遥远的未来，去领略其各种奇迹，这看起来有点不公平。

我也想做同样的事情。

我过去一直是，现在仍然是一个热衷于研究社会问题的人。今天的世界真可怕，且不说比比皆是的倾轧、贫困、战争和残忍，光机器的嚣叫和劳动者无休止的辛劳，就足以令我对它惊恐三分。我爱遥想将来某一天必定到来的那个时代——到那时劳累不堪的人们已征服自然，整个人类已进入和乐时代。

我爱遥想那个时代，而且渴望见到它。

于是我进行了精心的谋划。

我想做的是按惯常的方式沉睡过去，一觉至少睡它两百或三百年，然后在未来的奇迹世界里醒来。

我为这一沉睡做好了准备。

我买来所有能找到的滑稽报纸，甚至包括那些有插图的。我把它们带到我在旅店的房间，另外还带了一块猪肉饼和成打成打的油炸面包圈。吃掉猪肉饼和面包圈之后，我坐回床上开始一张接一张地读那些滑稽报纸。最后，当我感到可怕的困倦悄悄袭来的时候，我伸出手去拿起《伦敦时代周刊》并把时事评论那一页举在眼前。

在某种意义上，这是一种不折不扣的自杀，但我还是做了。

我能感觉到我的各种知觉正在离我而去。走廊对面的房间里有一个男人在歌唱。他那从窗户的横档上方传来的声音原来很大，现在越变越弱了。我陷入了沉睡之中，这深不可测的沉睡使整个外部世界都沉寂了。我迷蒙地感觉到日子一天天逝去，接着是一年又一年，再往后是一个个漫长的世纪。

然后，不是渐渐地，而是非常突然地，我醒了过来，坐了起来，四周张望。

我这是在哪儿？

这样自问完全有道理。

我发现自己躺在，更确切一点说是坐在一张宽大的床上。我处身一间幽暗无光的大房里，它外表看去一片破旧，从那些玻璃箱和里面做成标本的东西判断，这显然是一座博物馆什么的。

我旁边坐着一个男人。他脸上没有胡须，既不老也不少。他穿的衣服是灰色的，很像燃烧后保持原状的纸。他静静地看着我，既不特别吃惊，也没表现出什么兴趣。

“快告诉我，”我迫不及待地开了腔，“我这是在哪儿？你是谁？现在是哪一年，是不是三千年，或是别的年？”

他脸带烦恼地吸了一口气。

“真奇怪你谈话那么激动。”他说。

“告诉我，”我再一次说，“现在是三千年吗？”

“我想我明白你的意思，”他说，“可是我真的根本不知道。我想至少也该是三千年了，误差不会超过一百年，不过已有很多很多年没人去记年份了，因此很难说。”

“你们再也不记年份了吗？”我喘着气问道。

“我们过去也常记年份，”那人说，“我本人还记得，一个世纪或两个世纪以前还有很多人试图记载年份哩，可后来它和很多很多流行一时的东西一起消亡了。嗨，”他继续往下说，谈话里第一次流露出一丝兴奋，“年份有什么用呢？你知道，在我们排除了死亡之后——”

“排除了死亡？”我叫喊起来，坐直了身子，“上帝啊！”

“你刚才说的是什么？”那人疑惑地问道。

“上帝啊！”我重复了一遍。

“噢，”他说，“以前从没听人说过这句话。我刚才是说在我们消除了死亡、淘汰了食物和排除了变化之后，我们几乎已不受外界事物的影响，而且——”

“慢着！”我说着，头有点晕，“一次只告诉我一件事。”

“哼！”他脱口而出，“我看，你一定沉睡了很长时间。那就继续问问题吧。只是，假如你不在意的话，要尽量少问一些，而且千万请别激动。”

真奇怪，第一个从我嘴中冒出来的问题是——

“你那身衣服是什么做的?”

“石棉,”那男人回答说,“它们可以穿几百年。我们每个人都有一件,假如有人想换一件新的,有几十亿件堆在那儿哩。”

“谢谢你,”我回答说,“能告诉我这是在哪儿吗?”

“你在一个博物馆里。玻璃箱内那些人和你一样都是标本。不过,”他说,“要是你真想知道这个新的时代到底是怎么回事,那得离开你的展台,去百老汇大街[1]找张椅子坐一坐就行了。”

我走了下来。

穿过那些布满灰尘的阴暗的房子时,我十分好奇地打量着玻璃箱内的那些人。

“天哪!”面对一个穿蓝衣服、系着皮带、拿着警棍的人,我惊叹道,“那是一个警察!”

“是的,”我的新相识说,“当年的警察就是**这个**样子吗?我经常闹不明白。他们当年有什么用途?”

“用途?”我迷惑不解地问道,“嗨,他们站在大街中央。”

“噢,对了,我明白了,”他说,“在那儿好对人们开枪。你得原谅我的无知,”他继续着,“按过去你们的社会习俗是这样的。在接受教育的时候,我做了社会史手术,不过他们用的材料太差了。”

---

① 纽约大街名,为戏院、夜总会集中地。

我对这个人的意思一点儿都不明白，我压根儿没有时间提问，因为就在这时我们已走到了街上，我惊讶得愣在那儿了。

百老汇！这可能吗？变化太可怕了！我过去所知的百老汇大街人来车往，热闹非凡，可眼前却是死气沉沉、青苔遍地、一片荒芜。一个又一个世纪的风吹雨打把一座又一座高楼大厦变成了废墟，断墙残垣上到处覆盖着真菌和青苔！这荒街死寂无声。没有一辆车行驶，头上方没有电线。这里没有生命或运动的声息，只是零零星星有些人形在慢悠悠地挪动，他们像我的新相识一样穿着石棉衣，脸上同样没胡须，同样是那副既不老又不少的模样。

天哪！这就是我一直希望见到的征服了自然的时代吗？！不知是为什么，以前我总是想当然地认为人类注定要向前发展。可眼前这一片荒凉，这片我们的文明废墟，却叫我几乎说不出话来。

街边零零散散地安放着一些小椅子。我们坐了下来。

“同你记忆所及的时代相比，现在进步多了，对不对？”石棉衣男人问道。

他说这话时显得非常自豪。

我喘着气问道：

“街上的汽车上哪儿去了？”

“噢，很久以前就废弃了，”他说，“它们肯定非常可怕。它们的嘈杂谁受得了！”随着一阵颤抖，他身上的石棉衣沙沙作响。“那你们怎么上别处去？”

“我们哪儿也不去，”他回答说，“我们为什么要去呢？待在这儿和待在别处完全一样。”他看着我，露出一脸无尽的倦怠。

上千个问题顿时涌上我心头。我问了其中最简单的一个。

“你们怎么去工作，又怎么回来呢？”

“工作！”他回答说，“没有任何工作要做。它早完成了。最后一点工作早在几百年前就做完了。”

我看着他，张着嘴愣了好一阵子，然后我转过头来，再次看着那零零散散有石棉衣在挪动的灰暗荒芜的街道。

我想方设法集中自己的注意力。我意识到，要是我想弄清这个全新的出乎意想的未来时代是怎么回事，那我就必须有系统地去了解它，一步一步地来。

“我知道，”我停了一下后说道，“从我那个时代到现在已发生很多重大事情。我希望你能允许我有系统地提问，能一点一滴地向我解释。首先我想知道的是，你说没有任何工作要做是什么意思？”

“嗨，”我那奇怪的相识回答说，“它自行消亡了。机器消灭了它。要是我没记错的话，甚至在你们那个时代你们就拥有一定数量的机器了。你们利用蒸汽取得了很大成就，在利用电方面也有了良好的开端，虽然我想你们几乎还没有把放射性能量派上用场。”

我点头表示同意。

“可是你们发现这些技术对你们并没有好处。你们的机器越好，你们干活就越累。你们得到的东西越多，你们所缺的东西也越多。生活的节奏越来越快。你们大喊停一停，可它就是停不下来。你们都被你们自己的机器的轮齿拖累住了。你们谁也不知道何处是尽头。”

“真的是这样，”我说，“可这一切你是怎么知道的呢？”

“噢，”石棉衣男人回答说，“我的这一部分教育的手术做得很好——我知道你听不懂我的意思。别着急，往后我会告诉你的。好啦，咱们还是接着前面说吧。后来，大概是你那个时代之后两百年吧，征服了自然的伟大时代出现，人和机器取得了最后的胜利。”

“他们真的征服了自然？”我迫不及待地问道，从前的那种希望在我血脉里再一次悸动起来。

“真的征服了它，”他说，“把它打败了！打得它停顿了！事情一件接一件出现，然后越来越快，在一百年之间它们就被做完了。事实上，一旦人类转而用其精力减少其需求而不是增加其欲望，那整个事情就好办了。首先出现的是化学用品。天哪！它太简单了。在你们那个时代成千上万的人从早到晚在土地上挖掘耕耘。我见过这类人的样品——农夫，他们是这样称他们的。我们那家博物馆里就有一个。自从化学食品发明以后，我仍在一年内把它们大量存放在大百货店里，足以用上好几百年。农业被淘汰了。吃饭和与之相随的其他事情，如家务活之类——统统了结啦。现在一个人只需每一年左右吃一颗浓缩丸子，就一了百了啦。整套消化器官——你知道的，过去在其使用过程中被过分胀大了——简直就成了一堆大而无当的赘肉！”

我实在忍不住要打断他的话：“你和这些人是不是都没有胃——没有消化器官呀？”

“当然有，”他回答说，“不过我们把它用于其他方面。我的胃大部分用在我的教育上——慢着！我又说过头了。最好还是让我按开头的顺序说下去吧。化学食品首先出现：这省去了差不多三分之一的工作。然后出现了石棉衣。真是妙不可言！人们一年之内造的石棉衣多得永远也穿不完。当然啰，要是没有女人们的反叛和时装业的衰落，这是永远不可能做到的。”

“各种时尚都没有了吗？”我问道，“那种奢侈、疯狂的——”我正准备操起我从前的那套长篇大论，抨击花里胡哨的穿着所表现的纯粹的虚荣，突然几个穿石棉衣的形象进入我的眼帘，因此我马上打住了。

“全没了，”石棉衣男人说，“接下来我们消灭的，或者说差不多消灭的，是气候变化。我认为在你们那个时代，你们没法完全理解你们所说的天气变化给你们增添了多少麻烦。它意味着需要各种各样特制的衣服和住所，与之相随的便是杂七杂八的工作。在你们那个时代那肯定可怕极了——风暴、湿漉漉的大东西——你们叫它们什么？——对了，云团——它们在空气中飘游，整个儿是盐的海洋，不是吗？——它们被风暴扯碎，雪被撒在所有的东西上，还有冰雹，暴雨——多可怕呀！”

“有时候，”我说，“那也很美。可你们是怎么改变它的呢?”

“把天气干掉!”石棉衣男人说,“这和任何事一样简单——我们让天气的各种力量互相抵消了,还改变了大海的成分构成,使它的上部整个儿或多或少变成了胶状。关于这一点我真的说不清,因为这种手术我在学校里从没有做过,不过可以告诉你的是,这使天空变成了灰色,这你看得出来,也使大海变成了树胶色,而天空则永远是一个样了。与这些相随的便是废弃了燃料、房屋以及无休无止的劳作!”他停了一阵子。我开始对已发生的变化的进程有一点点认识了。

“那么,”我说,“对自然的征服,是不是意味着现在再也没有事可做了?”

“千真万确,”他说,“什么事也没有了。”

“有足够的食物供所有人吃吗?”

“太多了。”他回答说。

“房屋和衣服呢?”

“你想要的无论什么东西都不缺。”石棉衣男人说着挥了挥手。“它们就在那儿。去拿就是了。当然,它们是落下来的——慢慢地,很慢地往下落。不过它们可以用上好多个世纪,谁也不用操心。”

这时我意识到——我想这是第一次——在旧的生活里,工作的意义是何等重要,而且就连生活本身都是以工作为中心煞费苦心营造的。

过了不久,我的目光在那些长青苔的建筑上方游离,我看见了好像是电话线遗留物的东西。

“那些东西，”我说，“电报、电话和整个通讯系统怎么样了？”

“噢，”石棉人说，“那就是所谓电话，对吧？我知道那玩意儿几百年以前废弃了。它到底是用来干什么的？”

“嗨，”我热情地说，“通过电话我们可以和任何人谈话，找谁都不困难，再远的距离都可以和他说话。”

“反过来任何人都可以在任何时间把你叫来说话，对不对？”石棉衣男人带着某种恐惧说，“多可怕呀！你们那个时代真是太可怕了！说实在的，现在电话和其他相关的东西都没了，交通和通讯全被废掉、禁止了。那一切毫无意义。你知道，”他补充说，“你没有意识到的是，在你那个时代之后人们逐渐变得越来越有理性了。比如说铁路，那有什么好处呢？运来很多很多别的城镇的人。谁需要他们呢？谁也不需要。工作停止了，商业结束了，食物不必要了，天气也固定死了，这时候还到处走动实在愚蠢。总之，一切都结束了。”一丝恐惧的表情掠过他的脸，他接着又说，语调都变了：“四处走动太危险了！”

“什么！”我说，“危险！你们还有危险？”“是的，唉，”他说，“被撞碎的危险总是存在的。”

“你这是什么意思？”我问道。

“嗨，”石棉衣男人说，“我想那就是你们过去所谓的死亡吧。当然，在某种意义上可以说已有几个世纪没有死亡了，我们排除了它。疾病和死亡只不过是一个病菌的问题。我们一个接一个地发现了它们。我想即便是在你们那个时代，你们都已经发现其中一两种大的、容易发现的病菌了，对吧？”

我点了点头。

“是的，你们当时已发现白喉和伤寒两种病菌，要是我没弄错的话，还有一些病菌你们已有所了解但还没弄清，你们称之为超级病菌，如猩红热病菌和天花病菌，不过有一些病菌你甚至根本没怀疑过。而我们，把它们一个接一个地找了出来并全部消灭掉了。奇怪的是你们那个时代从来没有任何人想到过，那个旧时代本身只不过是一个病菌！它其实只是一种很简单的病菌，可由于它广布在那个时代的行为之中，因此你们甚至从来没有想到过。”

“你想告诉我你们今天的人可以永远活下去，对吗？”我看着石棉衣男人，惊奇地脱口问道。

“我希望，”他说，“你不要用那种少见的、易于激动的方式谈话。瞧你那说话的样子，好像什么事情都**重要**得要命似的。”他继续说：“是的，我们是可以永远活下去，当然，除非我们被撞碎。那种事儿有时也会发生的。我是说我们会从很高的地方跌下去或是撞在什么东西上，于是就自行折断了。你瞧，我们是有点儿脆——我猜这是旧时代病菌遗留下来的痕迹——因此我们得小心点。事实上，我可以毫不在意地告诉你，在我们采取措施杜绝一切事故之前，这类事故是我们的文明中最令人悲痛的事情。我们禁绝了街上的大小车辆，禁绝了飞机等等。你们那个时代的风险，”他说着石棉衣服颤抖了一下，“想必是非常可怕的。”

“是可怕，”我说，同时感到一种以前从未有过的对我这代人的骄傲，“不过我们认为勇敢者有责任——”

“得了，得了，”石棉衣男人不耐烦地说，“请不要激动。我明白你的意思。那太没理性了。”

我们一声不吭地坐了好长时间。我朝四周张望，目光所及是日益衰败的建筑，单调不变的天空和阴沉空旷的街道。这么说，这就是征服自然的成果——了结了工作，结束了饥饿和寒冷，停止了艰难的斗争，消灭了变化与死亡，于是就有了这一结果——噢不，有了这幸福的黄金时代。可是，不知怎的，这其中好像又出了点差错。我沉思着，然后接连问了两三个问题，急得几乎就没去考虑对方的回答。

“现在还有战争吗？”

“几个世纪以前就被取缔了。他们用一种自动售货机似的装置解决了各种国际争端。自那以后所有的国际交往都被取消了。为什么要保留它们呢？所有的人都觉得外国人可怕。”

“现在还有报纸吗？”

“报纸！我们要它们到底有什么用呢？假如我们什么时候真需要它们，有成千上万旧报纸堆在那儿，随时可以去拿。再说报纸上印的东西，无非是**发生**的事情，如战争、事故、工作和死亡之类。这些东西一消亡，报纸也就随之消亡了。瞧，”石棉衣男人继续说，“你好像有点像个社会改革家，可是你根本不理解这种新生活。你根本不知道我们所有的负担是多么彻底地消失了。我们这样来谈吧，过去你们的人，是怎样度过他们生命中的整个早期阶段的？”

“嗨，”我说，“我们开头的十五年左右花在受教育上。”

“确实如此，”他回答说，“现在看看我们在这点上有多大进步。在我们这个时代，教育是通过外科手术完成的。真奇怪，在你们那个时代谁也没意识到教育只不过是一次外科手术。你们的见识不足以发现，你们所做的其实是通过一种漫长而痛苦的心理手术缓慢地重塑大脑，使它的内部发生弯曲并形成回沟。每学一样东西都会在大脑上留下痕迹，使它产生某种机体变化。以前你们知道这一点，可是你们看不到全面的结果。而我们据此发明了外科手术教育——简单得很，只需打开头颅一侧，往里面移植一块事先准备好的大脑就够了。当然，在开始的时候，我猜他们不得不用死人的大脑做材料，那是有点可怕，”——这时石棉衣男人像树叶一样打了个颤——“不过，他们很快就知道怎么做效果一样好的脑袋用品了。到了这一步就轻而易举了，做一个几分钟的手术，就足以把诗歌、外语、历史或你所需的任何其他知识植进你大脑里了。举个实例吧，瞧，”他说着把脑袋边的头发撩开，露出下面的一个疤痕，“这就是我植入球面三角学时留下的疤。我得承认，植入三角这玩意儿很痛苦，不过植入其他东西，如英语、诗歌或历史，压根儿一点痛苦都没有。你们那种通过耳朵完成的野蛮、痛苦的教育方式，我一想起来就发抖。真够奇怪的，后来我们发现有很多东西压根儿犯不着用大脑去装。我们把这类东西——如哲学、玄学，等等——装在过去用作消化的器官里。它们装在里面棒极了。”他停顿了一会儿，然后继续说：

“好了，再往下说吧，过去在受过教育之后，你们的时间和精力用来干什么？”

“嗨，”我说，“当然，一个人得工作，然后，说老实话，他的时间和感情有很大一部分是为异性付出的，他花很多时间、精力去谈恋爱，去找一个女人和他分享生活。”

“噢，”石棉衣男人说，表现出了真正的兴趣，“我已听说过你们那些有关女人的安排，可是对它们根本一窍不通。告诉我是怎么回事，你说你选择某个女人？”

“是的。”

“于是她变成你们所谓的你的妻子？”

“没错，当然如此。”

“你为她而工作？”石棉衣男人惊奇地问道。

“是的。”

“她不干活，对吧？”

“是的，”我回答说，“当然不干。”

“你的财产有一半是她的，对吧？”

“是的。”

“她有权利住在你的屋里并且用你的东西，对吗？”

“当然。”我回答说。

“多可怕呀！”石棉衣男人说，“我到现在才意识到你们那个时代真正可怕在哪里。”

他轻微地颤抖着坐在那里，脸上还是带着从前那种怯生生的神情。

这时我突然意识到，街上的那些人看起来彼此毫无区别。

“告诉我，”我说，“现在再没有女人了吗？她们也全消亡了吗？”

“噢，不，”石棉衣男人回答说，“她们同样在这儿。那些人中有一些就是女人。只是，你瞧，现在一切都被改变了。这整个儿是她们的反叛的一部分——她们想跟男人们一样。这在你们那个时代开始了吗？”

“只一点点，”我回答说，“那时候她们已开始要求选举权和与男人平等。”

“正是那么回事，”我的相识说，“我找不到恰当的词儿。你们的女人，我相信，是某种很可怕的东西，是不是？她们浑身上下都覆满了羽毛、毛皮和炫目的色彩等已死去的东西，对不对？她们动不动就咯咯笑，不是吗？她们的牙齿很可笑，而且她们随时都能诱骗你签订那种契约！唷！”

他打了个寒战。

“石棉，”我说道（我找不到其他名字叫他），同时愤怒地转向他，“石棉，瞧街上那些果浆过滤袋似的‘平等者’，她们的衣服和垃圾箱一样，你认为她们能和我们二十世纪的那些没有被改造、保持着天生风采的穿鱼尾裙的女人媲美片刻吗？”

然后，另一念头突然闪进我心中——

“孩子们呢？”我说，“孩子们上哪儿去了？现在还有孩子吗？”

“孩子们，”他说，“没有！至少一个世纪以来我还从没听说过有这种东西。他们准是一些又小又可怕的妖魔！脸大大的，哭个没完没了！而且还**变长**，是不是？像蘑菇一样！我相信他们每年都要比头一年长一些，而且——”

我站了起来。

“石棉！”我说道，“原来，这就是你们近在眼前的文明，你们的极乐盛世！工作和负担从生活中消亡了，与之相伴的生活的欢乐和甜蜜也消失了，剩下这么个沉闷、僵死的怪物！取代以前的奋斗的，只是死气沉沉的停滞；取代危险和死亡的，只是安全带来的沉闷和单调，只是漫无止境的衰弱的恐惧！”我叫喊起来，朝沉闷的空气张开着双臂，“把过去那又紧张又危险的旧生活还给我，连同它艰难的操劳和痛苦的风险，连同它所有的伤心事儿。我明白它的价值！我知道它的意义。不要让我永无安宁吧！”我大声喊道——

“别喊了，让走廊的其他地方安宁一下！”一声愤怒的高喊接着我的大喊爆发出来。

突然我的睡眠结束了。

我再一次回到了我在旅馆的房间，环绕我的又是那个忙碌、邪恶的老世界的喧嚣，还有走廊对面那个愤怒的男人的吼声在我耳里炸开。

“停止牛叫吧，你这地狱的混蛋，”他吼叫道，“回到地面上来吧。”

我于是回到了地面。

高地女郎汉娜

（又名：奥切洛切提海湾的领主）

伤心的事儿你得面对，必须把它驱除！
人生的内容还有很多，爱情可不是全部——
不管你怎么抱怨，你再也见不到
过去的好时光那美丽迷人的马裤！

这简单的歌词在清晨的空气里飘荡，清新而又甜蜜。

唱歌的是高地[1]女郎汉娜。

她正在流经峡谷的小河里捕捉龙虾。

她的四周是一派典型的高地风光。耸立在小河两岸的莽莽群山，高达八十五英尺，山上覆盖着浓密的高地森林，它们向两边各延伸一百码。在小河的脚下，一个美丽的苏格兰海湾躺在山谷里。海湾的那一边，越过群山之间的豁口便是大海。穿过峡谷，在汉娜所站的小河旁，一条路沿着河岸蜿蜒爬上高崖。

到高地旅游的人再也找不到比奥切洛切提峡谷更美的景点了。

也没有任何地方能和它攀比历史遗迹。

---

① 高地，泛指苏格兰西部与北部的高地。

这个峡谷正是俊王子查理[1]在库洛登[2]战败后的藏身之所。几乎是在峡谷中同一个地方，布鲁斯[3]在班诺克本[4]之战后躲藏在那个至今仍屹立在那里的大石头后面；而在斯图亚特[5]迫害的全盛时期，盟约[6]支持者则是藏身在几个相对小些的石头后面。

在骑马奔赴基里克兰克[7]的决定命运的旅途中，蒙特柔斯[8]经过的也是这一峡谷；在峡谷较低的一端，仍然可以指出当年威廉·华莱士[9]在飞身逃避罗布·罗伊[10]的怒火的途中停下来在它后面换过马裤的那个石头。

诸如此类的可怕记忆使这一地点别具特色。

的确，苏格兰历史上的大部分重大事件都发生在这个峡谷里，谷底的小海湾便是格兰扁山脉[11]历史上最激动人心的几次

---

① 俊王子查理（1720—1788），即英格兰的查尔斯·爱德华·斯图亚特王子。

② 库洛登，苏格兰北部高地的一片沼泽地，在英韦尼斯东部，查尔斯王子曾在此被英格兰军队击败。

③ 布鲁斯，指罗伯特·布鲁斯，他曾以罗伯特一世的名字成为英格兰国王（1306—1329 在位），并从英格兰人手中赢得苏格兰的独立。

④ 班诺克本，苏格兰一地名，1314 年罗伯特·布鲁斯在此击败了詹姆士二世治下的英格兰人，从而登上了苏格兰王位。

⑤ 斯图亚特，英国王朝名，1371—1603 年统治苏格兰，1603—1649 年和 1660—1714 年统治英格兰和苏格兰。

⑥ 盟约可能是指 1638 年的反对天主教复辟和坚守加尔文教派原则的苏格兰长老会誓约，也可能是指 1643 年苏格兰和英格兰的议会为扩大和维护长老制而缔结的誓约（史称“严肃盟约”）。

⑦ 基里克兰克，苏格兰伯斯郡的一个隘口，中间有一条河流过，1689 年在隘口北端发生过激战。

⑧ 蒙特柔斯，全名詹姆士·格兰汉姆·蒙特柔斯（1612—1650），苏格兰贵族，武士。他曾领导过主教之战，后因担心长老会寡头统治而支持查理一世，在 1644—1645 年，他曾领导高地军队六次打败长老会军队，后来他被抓住并被绞死。

⑨ 威廉·华莱士（1272—1306），反对爱德华一世的斗争中的苏格兰英雄，后被抓住并以叛国罪被处决。

⑩ 罗布·罗伊（1671—1734），苏格兰强盗，后因主动自首而被赦免。英国历史小说家司各特有小说《罗布·罗伊》写其人其事。

⑪ 格兰扁山脉，由东北向西南横贯苏格兰中部的山系。

海战战场。

但此时此刻，峡谷安宁地躺在四月的早晨，没有任何东西会令人回想起它那血腥的历史。它周围的山坡上长着茂密的荆豆、接骨木、茄子和石竹。周围的林子里群鸟欢唱，其中有画眉、红雀、喜鹊、穴鸟以及高地的其他歌喉美妙的鸟儿。

这是一个非常美妙的苏格兰早晨。雨柔和平静地下着，给脚下的青苔带来滋润和几乎是湿漉漉的感觉。灰色的雾气四处弥漫，带来一种几乎让人感到潮湿的令人振奋的寒意。

正是对这样的早晨的回忆使经过多年流亡的苏格兰人禁不住泪水盈眶。哪怕只看见一滴雨滴落或是听见一块湿布的声音，读者啊，苏格兰人的心都会被深深感动。

而与此同时，汉娜，那个美丽的高地女郎，正在歌唱。她那年轻活泼的声音高扬在雨水上方。就连那些鸟儿都好像为听她的歌唱暂停了一切活动，而在听那盖尔人[①]的民歌的简单歌词的过程中，它们纷纷从树枝上跌落下来，砰的一声撞在草地上。

那个高地女郎站在那里，真像一幅美妙的图画。

她光着双脚站在小河里，河水洗濯着她的脚踝。龙虾们在她的脚边嬉戏，或是一往情深地贴着她的脚丫子，仿佛很不情愿离开河水并被抓进她蓝色围裙的褶层里似的。

这一动人场面足以迷住伯恩-琼斯[②]或艾尔玛·台德玛，或

① 盖尔人，苏格兰及爱尔兰高地的凯尔特人。
② 伯恩-琼斯（1833—1898），英国画家，拉斐尔前派的代表人物，喜欢从中世纪汲取创作题材。

任何一个喜爱龙虾的人。

女郎的金发用一段箍烟囱的金属丝束着，宽宽地披散在她的身后。

“你愿把你的龙虾卖一个给我吗?”

汉娜抬头一望。就在那儿，有一个年轻男子站在她上方的河水里，离她有几码远。

美丽的高地女郎着迷地看着他。

他看上去像一个贵族。

他手里拿着一根钓鱼竿和一个篮子，身上穿着英格兰绅士的橙红色钓鱼装。一双橙红色钓鱼靴高及大腿，靴子上方是一件钓鱼衫，它在他的腰间被一根钓鱼腰带松松地束着。他头上戴着一个小小的钓鱼帽。

他的篮子里一条鱼也没有。

他走近高地女郎。

看着他的时候，汉娜知道他一定是伊安·麦克威奴斯，新来的领主。

她一眼就爱上了他。

“乐意为您效劳。”她说着把她最好的龙虾递给了那个年轻男子。

他把龙虾放进了他的篮子里。

然后他伸手在口袋里摸了摸，掏出一个六便士的硬币来。

“你必须让我付钱。”他说。

汉娜接下那六便士并把它举了一会儿，带着真正的高地人的骄傲，脸上泛起了红晕。

“我不用鱼来卖钱。”她说。

姑娘话语里的某种东西直接进了那个年轻人的心坎。他又递给她半个克朗[1]。他一边轻松地吹口哨，一边大踏步走上了河岸。汉娜站在原地，意乱情迷地凝视着他的身影。有一个愤怒的声音在叫她的名字，把她从想入非非里拉回现实。

“汉娜，汉娜，”那个声音叫道，“还不滚回去；你是不是疯了，死丫头，竟然站在那里偷看一个麦克威奴斯家的人？”

汉娜这才意识到她做错了什么。

她和一个麦克威奴斯家族的人说了话，这可是一百五十年以来麦克歇玛斯家族的人从没有谁做过的事。差不多两个世纪以来，麦克歇玛斯家族和麦克威奴斯家族尽管都居住在这同一个峡谷里，但这两个家族却因那使苏格兰人四分五裂的痛苦的分歧与不和而彼此不共戴天。

分歧与不和起源于精神信仰的冲突。

事情发生在六代以前的一次高地宴会上。当年那肆无忌惮的时尚使宴会变成了放纵的狂饮作乐，席间进行的神学讨论自然也就以肆无忌惮的狂怒发作为论据了。歇玛斯·麦克歇玛斯，一个被激怒的加尔文派[2]信徒，也许因醉酒而进入了半疯狂状态，他坚持说永恒的惩罚只能借信仰得到免除。而温帕尔·麦克威奴斯坚决认为永恒的惩罚也可以通过做好事得到幸

---

① 克朗，按旧的英国货币制，一克朗相当于五先令，一先令相当于十二便士。
② 加尔文派，基督教的一个分支，由约翰·加尔文创立。前文所说的盟约支持者便属于该教派。

免。由于酒性发作，麦克歇玛斯拿起一个燕麦饼瞄准麦克威奴斯的太阳穴砸过去并要了他的命。麦克歇玛斯受到了法庭的审讯。奥切洛切提最高明的几位律师为他作了辩护，结果他被宣判无罪释放。就在他被无罪释放的那天晚上，温格斯·麦克威奴斯，那个被谋杀的男人的儿子，躲在峡谷中那条路开始爬上高崖的洼处，对歇玛斯·麦克歇玛斯进行了伏击，用几根风笛杀死了他。自那以后，仇怨便带着不可遏止的苦涩持续了一百五十年。

两个家族之间的分歧与不和一代接一代愈演愈烈。只要有可能，他们就要和对方唱反调。他们穿不同的格子呢[①]，投身到不同的牧师门下，喝不同牌子的威士忌，关于永恒的惩罚坚持不同的教义。

使宿仇加深的还有一个原因，那就是，麦克威奴斯家族已经变富，而麦克歇玛斯家族已经变穷。

每一代之中，至少有一个麦克威奴斯家族的人或麦克歇玛斯家族的人被杀死，而凶杀现场总是谷中的路爬上高崖边缘的那个拐弯处。最后，两代过去了，麦克威奴斯家族突然暴富起来，因为在他们的土地上发现了一个煤矿。为了表明对麦克歇玛斯家族的蔑视，麦克威奴斯家族离开峡谷去美洲定居了。为了显示对麦克威奴斯家族的鄙视，麦克歇玛斯家族仍然留在峡谷里。仇恨在他们的记忆里常记常新。

---

① 格子呢，苏格兰人喜爱格子呢，连男人都穿用格子呢做的裙子。

如今麦克威奴斯家族的后代回来了，买下了奥切洛切提领主那坐落在峡谷旁边的地产。伊安·麦克威奴斯一点儿也不知道宿仇的事儿。他在另一种氛围中长大，苏格兰的各种传说对他毫无意义。他已整个儿地堕落了。在他眼里格子呢只不过是一块彩色的布而已。他穿格子呢褶叠短裙只是把它当作一种万圣节[1]的伪装，而下雨的时候他会穿上一件雨衣。他已不再是苏格兰人。而且，他已娶了一个美貌的美国妻子，一个涂满爽身粉的金发女郎，就是中西部包装工场一带那种脸蛋柔顺[2]、身材胖墩的女子。伊安·麦克威奴斯是她的奴隶。为了她，他从汉娜那儿买了那个龙虾。同样也是为了她，他仔细地审视了那个美丽的高地女郎，因为他妻子渴望带一个苏格兰女仆回芝加哥。

而与此同时，汉娜心中充满了刚降临的爱的欢欣，她跟在父亲奥伊斯特[3]·麦克奥伊斯特·麦克歇玛斯后面朝她家的小屋走去。虽然年事已高，奥伊斯特·麦克奥伊斯特仍是苏格兰男子汉的好样板。他现年九十七岁，已到了他的很多同胞开始显露时光的摧折的印迹的年纪。而他却腰杆子笔挺挺的，有如板条一般硬朗，他那高大的身材和地道的苏格兰服装使他优美的身体轮廓更显得引人注目。他的装束包括一件用黑色天鹅绒

---

① 万圣节，十月三十一日。在这天晚上，儿童可以化装成巫婆、魔鬼等纵情嬉乐，该节日起源于苏格兰一带的凯尔特人。

② 脸蛋柔顺，原文为“dough face”，此二词富于暗示性，让人想到 dough-face，该词指美国历史上容忍南方蓄奴的北方政客，因此紧接着有奴隶之说。

③ 原文为“Oyster”，该词有“牡蛎”之义。

做的甲虫壳似的衬衫，它由肩膀往下延伸至腰部，接下去是一条用麦克歇玛斯家族的格子呢做的褶叠短裙，它由腰部延伸至大腿中部。他脚上穿着一双用高地扣扣在小腿中部的高地短靴，夹在高地短裙和短靴之间的是一双在膝盖处被卷起来的高尔夫长袜。他的头上，在从头盖骨到耳朵的中间位置，是半顶苏格兰帽，帽上高高地插着一根犀牛毛，它有一半伸在空气中。

他的手臂下面夹着一支苏格兰双管风笛，他一边走一边用它吹奏出深沉而又哀伤的声音，凡听到的人都会被其中那种忧郁与听天由命的绝望深深感染。

在小屋的门口他转过身来面对女儿。

“伊安·麦克威奴斯在河边对你说了些啥？”他恶声恶气地说。

“没说多少话。”汉娜说。而且由于实情对她来说比她爸爸的愤怒更重要，她又补充说：“他用六便士买了我一只龙虾。”

“钱！”那个高地人尖叫道，“从麦克威奴斯家的人手里拿钱！”

汉娜把那个六便士的硬币递给他。奥伊斯特·麦克奥伊斯特把它恶狠狠砸在地上，然后又把它捡起来用尽全力朝小屋的墙上砸去。然后他再一次抓起它，把它愤怒地丢进了他的褶叠短裙的口袋里。

他们进了小屋。

汉娜还从没见过她父亲的脸色像那天晚上那么严厉。

他们的家好像变了。

汉娜同她母亲和父亲那天晚上闷坐着用完了简单的晚餐，吃的是燕麦粥加苏格兰威士忌。入夜后汉娜的母亲坐下来纺织。她忙碌地把活儿堆在一起，因为那是一项表爱心的劳作。她的头生儿子贾米离开家在爱丁堡上学，为担任牧师之职做准备。他很快就要毕业了，她正在为他的毕业典礼织一条马裤。这条马裤将给他一个意外的惊喜。它正在渐渐成型。奥伊斯特·麦克奥伊斯特一声不吭地坐着读《旧约》，汉娜则一边凝视泥炭火一边想念那位英俊的年轻领主。其间高地老汉只说过一次话。

“麦克威奴斯家的人又回来了。”他说道，并对挂在墙上的那把旧的燧发毛瑟枪瞟了一眼。那天夜里汉娜梦见了两个家族的世仇，梦见了峡谷和小河，梦见了爱情，梦见了那位奥切洛切提海湾的领主。早上起床的时候，她的眼睛里流露出思慕的神情，没有歌声从她的喉咙里发出。

一天又一天过去了。

美丽的高地女郎每天都和那位年轻的领主见面，不过她父亲并不知道。

每天早上他来小河钓鱼的时候她都会见到他。有时他穿一身钓鱼装，有时则穿一套用黑白方格呢做的纽约式套装，外加一件带头罩的便服。美丽的高地少女为了他，把自己打扮得更加漂亮。每天早上她都把一朵苏格兰蓟花缠绕在头发里，还把一小枝牛蒡别在心口处。

有时候他跟她说话。汉娜对他的一字一句多看重啊。有一次，他看见她那在远处的父亲，便问她那个穿短裙的沙丁鱼是谁，女郎高兴地回答说那是她父亲。作为一个渔夫的女儿，她为父亲被误认为是沙丁鱼而感到高兴。

还有一次他问她是否熟悉家务活儿。听到这个问题时汉娜的心跳得多厉害啊。她暗自打定主意要为他织一条马裤，与她母亲在为她哥哥织的那条一样。

每天下午夕阳西下的时候，汉娜都会从小屋的窗户偷偷注意外面，等着看那位年轻的领主开着汽车沿峡谷的路向海边驶去。每次到达高崖顶的那个急弯时他总是要放慢车速。六代以来还没有任何麦克威奴斯家族的人在入夜后经过那个地点而得以生还。但伊安·麦克威奴斯对宿仇一无所知。

有时候奥伊斯特·麦克奥伊斯特看见他经过，会站在路边朝他发出盖尔人的各种诅咒。

有一次，在她父亲不在家的时候，汉娜站在路边守候，伊安把车子停了下来，用车子带着她兜了兜风。在他向她解说如何开车的时候，汉娜听得十分专心，同时她的心脏跳得可欢快啊。假如她父亲得知她这样和一个麦克威奴斯家的人坐在一起，他不当场杀了她才怪哩。

汉娜的爱情悲剧很快走向了终结。

每天她都在小河边和那位年轻的领主相会。

每天她都把她最好的龙虾给他。每天她都佩戴一朵新的蓟花。

而每天晚上，当她母亲睡去的时候，她都偷偷地为他那条马裤织了一圈又一圈。

而那位年轻的领主呢，回到家里的时候，总对那位涂满爽身粉的金发女子说，那个高地渔女并不像看上去那么蠢，一半都不到。

然后决定命运的那个下午到了。

他在河边站在她身旁。

“汉娜，”他俯身对着她，说，“我想带你去美洲。”

汉娜当即晕倒在他的双臂间。

伊安把她靠在一棵树上，然后就回家去了。

一个小时之后，当汉娜走进家里的时候，她父亲正站在火炉后面。他眼睛直愣愣地盯着火，双手握着那把燧发毛瑟枪。他一脸全是以往那种仇恨在心的严厉神色，嘴里咕哝着一连串的诅咒。他的妻子拉着他的一条手臂，徒劳地企图使他平静下来。

“他不得好死，”他咕哝道，“今晚他开着他那该死的机器经过时我要杀了他。”

汉娜这才得知奥伊斯特·麦克歇玛斯已看见她和伊安在小河边。她转身逃离小屋，沿小路而上，朝奥切洛切提领主宅邸奔去，以便给伊安报信。她唯一的念头，便是把他从她父亲的愤怒下救出来。高地女郎在跑着，越来越浓的夜色罩住了她。头顶雨云低垂，闪电阵阵，暴风雨即将来临。她还在往前跑。环绕她的是雷电的轰鸣和已涨水的小河的怒吼。然后，暴风雨带着高地风暴的所有暴烈穿透黑暗袭来。闪电雷鸣与狂风交加，天空仿佛裂开了似的，暴雨狂泻而下。可汉娜还在奔跑。闪电一次又一次地击中她，但她还在往前狂奔。她跌倒在石头上，绊倒在车辙里，在树篱中左冲右突，在石壁间撞来撞去。她一刻也没有停息，越跑越快。暴风雨可怕极了，闪电、火焰与雷霆包围了她。树木在一一倒下，障碍物四处横飞，鸟儿被闪电击落。狗、羊，甚至牛都被狂风卷起，在空中被抛来丢去。

她终于到了领主宅邸，在门口站了一会儿。狂风平息了，暴雨停止了，片刻的宁静笼罩着大地。灯光从屋子的窗户里流泻出来。汉娜暂歇着。突然，一阵疑虑袭上她的心头。她灵敏的耳朵听见了屋里一个女人的声音。她凑近窗子往屋里窥望。紧接着，高地女郎盯着窗户愣住了，仿佛在那里扎了根似的。

伊安躺在一张沙发上。他所穿的便服使他的脸更显出苍白的俊美。他旁边坐着那个爽身粉金发女郎。她正在用巧克力喂他。汉娜明白了，伊安玩弄了她的感情。他通过买龙虾赢得她的心，只是为了把它弃之一旁。

汉娜扭身离开窗户，把喉咙边的蓟花扯下来扔到了地上。然后，在转开目光的当儿，她一眼看见了停在小棚里的那辆汽车。

“该死的机器！”她咕哝道，高地人疯狂的野蛮之光在她眼中闪烁；然后，她冲向汽车，把防雨布从车上掀扯下来，“会让你记住今晚的，奥伊斯特·麦克歇玛斯。”她叫道。

片刻之后，汉娜坐到了方向盘后面，汽车沿通往峡谷的路轰隆隆地驶去。油门踩到了最大，疯狂的姑娘紧紧地握着方向盘，汽车吼叫着沿坡路颠簸而下。风暴又起了，雷声与疯狂冲向大海的汽车的轰鸣混在一起。汽车的前灯有如一只发光的巨眼，它可怕的亮光掠过树木和小河，在上面闪烁了一秒钟，然后便射进了奥伊斯特的眼睛，令他头晕目眩。他此刻站在下面的山崖边，手里拿着毛瑟枪，面对那向他逼近的光芒刺眼的怪物，一腔高地人的老血在汹涌激荡。

片刻之间一切都结束了——随着一道炫目的闪电、一声毛瑟枪的巨响和一个震天的响雷，那辆汽车载着痴心的姑娘车头朝下栽下了高崖。

人们第二天早上发现了汽车。它一动不动地侧躺着，一半埋在沙子里，向上指着高地蓝色的天空，进入了暴风雨后的宁静。它静静地躺在那里。海鸟们时断时续地飞翔，好像想停下来看看它似的。一小群围观的苏格兰人站在那儿凝视着它，眼神中带着敬畏。他们没有表示任何修复它的企图，因为那是徒劳的。它的输油管已经扭坏，油箱已经炸开，链轮已同车身分离，方向盘也已彻底毁坏。这辆汽车再也无法开动了。

过了一会儿，他们从悲痛中回过神来，开始四下里寻找汉娜。他们找到了她。她躺在沙子和海草之间，美丽的头发浸泡在汽油里。然后他们又四处寻找奥伊斯特·麦克歇玛斯。他们同样找到了他，他躺在地上，一半身子埋在草丛里，浸透了威士忌。然后他们又四处寻找艾伦。他们发现她横卧在小屋的门口，一半身子埋在给贾米织的马裤里。

然后人们开始抢救他们。生命是不灭的。他们磨他们的手，撩他们的脚，把热砖头放在他们的肚子上，把热威士忌灌下他们的喉咙。这些措施使他们苏醒过来。

当然。

从来如此。

他们全活了过来。

但世仇完蛋了。它已告终结。汉娜已使它一了百了。

凯罗琳的圣诞节

又名：不可思议的婴儿

圣诞节到了——披着白雪斗篷的圣诞，斗篷上的成千颗钻石晶莹闪亮的圣诞，把欢乐与安宁带到人间的圣诞——它有数不清的欢宴，享不尽的娱乐，它有——嗨，反正圣诞节已到，这就够了。

噢，不对，有一点点差错；确切地说不是圣诞日，而是圣诞前夕，披着白雪斗篷的圣诞前夕，沐浴在宁静的月光下——事实上，一情一景如上面所说，只是几个细微处显然需要修正。

没错，那是圣诞前夕。

而且不仅仅如此！

听一听是**哪里**的圣诞吧。

是**老家**的圣诞前夜。读者，你还记得**老家**是啥模样吗？自进城以后你变富了，也变贪婪了，当你坐在城里的办公桌边，在工作的间歇，老家——你儿时熟悉的宁静的老家，你对黄金的贪欲使你后来离开的老家——它是不是从未在你的心灵之眼前面浮现过呢？这个老家，它坐落在山坡上的一条路边，它黑黑的云杉裹着白雪，它的后面是整洁的仓屋和一个个麦秆堆；而从它的窗户流泻出一道煤油灯的亮光，你从四里以外，从山谷的雪松洼地那一边都能看得见，粗细如一支石笔。别跟我说你们的现代化探照灯和白炽弧光灯，它们与那缕从农舍窗户流泻出来的煤油灯光不可同日而语。它将穿越三十年的时空照彻心脏。读者，你是不是有时候也抛开城市的拥挤和喧嚣，忘记它的不义之财和它那邪恶的财神信条，而想起山崖下宁静的家呢？没有，你没有！唉，你太可恶了！

圣诞前夜到了。

煤油灯光从老家农舍的窗子照射出来。燃烧的原木蹿起摇曳的火苗，它的红光与煤油灯那宁静的黄光在窗户上融为一体。

约翰·恩德比和他的妻子坐在农舍的厨房里。你知道叫厨房的那个房间吗，读者？——砖砌的炉灶，敞开的炉火，煮饭的炉子在角上。这里是农家人煮饭吃饭的地方，也是他们生活的地方。这里是农家的起居室。屋子前部紧挨卧室有倒是还有一间房——除此再没有别的，它小小的，冬天冷得要命，里面摆着一架钢琴，有来客时可以在上面弹奏《岁月的岩石》。但这间房只用来演奏音乐和举行葬礼。老农舍里真正的房间是厨房。难道它的模样没有在你眼前浮现出来吗，读者？居然没有？唉，你真是个该死的傻瓜！

反正老约翰·恩德比是坐在厨房里，坐在那张简单的案桌边，他用双手托着低垂的头，灰色的脸没有刮胡须，因磨难刻下的皱纹而倍显沧桑，他时不时地起身，把一根未干的落叶松枝猛丢进火里，致使一阵火星沿烟囱直蹿而上。在灶的那一边，他的妻子安娜坐在一张直靠背椅里，脸带她那一性别所特有的沉静的驯顺看着炉火。

他们到底出了什么事呢？噢，读者，你会这样问吗？难道你对老家的生活了解或记得如此之少吗？当我说到是在老家而且时逢圣诞前夕，而那个农夫烦恼不堪并把落叶松枝猛投进火里，你理应能够猜出来！

老家的房子被抵押掉了！十年以前，约翰·恩德比债务缠身，又饱受风湿病折磨，在绝望的疯狂之下，他以二十四块三毛的价格轻率地抵押了农舍，到头来后悔不迭，痛不欲生。

抵押在今天晚上到期，今晚子夜，这圣诞之夜。这一类的抵押总是这样到期的。是的，先生，鬼魅伎俩用得够高超的！其结果是抵押人将在这所有夜晚中最美好的夜晚丧失赎回抵押品的权利。午夜一到，就会有人带着锤子和钉子来没收抵押品，把抵押期满的老屋钉死封存。

因此，那对痛苦不堪的夫妇坐在那儿犯愁。

安娜带着女性特有的耐心与温顺一声不吭地坐着，有几次企图用读书来自我抚慰。她从壁架上取下班扬①的《神圣的生与神圣的死》。她努力去读它，可她读不下去。然后她取下但丁的《地狱篇》②，还是读不下去。然后她选择了康德的《纯粹理性批判》③，但她同样读不下去。最后，她拿起了一九一一年的

---

① 班扬（1628—1688），英国传教士，作家，代表作为《天路历程》。
② 《地狱篇》是意大利大诗人但丁（1265—1321）的《神曲》的第一部。
③ 《纯粹理性批判》是德国哲学家康德（1724—1804）的代表作。

《农家历》。她绝望而有耐心地坐着，那些书就胡乱地丢在她四周。

约翰·恩德比看上去非常烦躁，情绪难以控制。他不时伸手拿起他旁边的那个装着酸奶的瓦罐，猛喝那令人疯狂的液体，直到他的脑子发起烧来，像他面前的落叶松火团里的火炭似的。

“约翰，”安娜恳求道，“别去碰酸奶。它只会使你发癫。这样喝从来就有百害无一益。”

“嗨，老婆呀，”农夫苦笑着说，一边再次把头埋进罐子里，“我要是癫了倒好，什么也不用操心了。”

“噢，约翰，这样狂饮滥喝不好，你最好还是读读《圣经》。给你，孩子他爸，读一读吧。”——然后她从壁架上取下那本磨损得很厉害的黑封皮的《圣经》递给他。恩德比停顿了一会儿，把那本书拿在手里。他和他妻子小时候在公立学校都没受过什么宗教教育，但他所受的没有宗教色彩的一流教育为他奠定了坚实基础。

“把这本拿去，”她说，“在这样的伤心时刻，约翰，读一读吧；它能带来安慰。”

农夫从他妻子手里接过一本很破旧的欧几里得[1]《几何原理》，然后，怀着崇敬把帽子脱下来放到旁边，大声朗读起来：“等腰三角形的两个底角相等，无论谁画等腰三角形，结果总

① 欧几里得，公元前三世纪时的希腊数学家，被誉为几何学之父。

是等腰对等角。”

农夫把那本书放到了一旁。

“没有用，安娜。我今晚没法读经书。”

他站起身来，摇摇晃晃地走向那个装酸奶的瓦罐，他的妻子还来不及阻止他，他已把罐中的酸奶喝得一滴不剩。

然后他沉甸甸地陷进了椅子里。

“让他们来没收封存好了，只要他们乐意，”他说道，“我已经不在乎了。”

农妇黯然神伤地盯着炉火。

啊，要是她的儿子亨利在身边多好啊。亨利是三年前离开他们的，三年来是他的信时不时地给这个陷入困境的农家带来一线希望之光。

亨利在辛辛监狱[1]。他的一封封信把他稳步走向成功的消息带给了他母亲；首先是在监狱的棒球队，他是看守们和狱中牧师最喜欢的队员，还是狱中玩桥牌最棒的人哩。亨利正以恩德比家族的那种老式的进取精神在追求上进。

他母亲本来很希望他能和她一起过圣诞节，但亨利已来信说他离开辛辛几乎是不可能的。他找不到回来的门道。当局正在安排一场舞会和雪橇赛庆祝圣诞。他说他有一线希望偷偷溜掉，但这样做弄不好会引起注意。

关于家里的麻烦，安娜一点儿也没有告诉儿子。

---

① 辛辛监狱，纽约州一所州立监狱。

不，亨利回不来。没办法的事儿。同样，她的另一个儿子，比亨利大十岁的威廉，也不会回来。唉，威廉离开老家到大城市闯天下去了！“妈妈，”他曾这样说，“等我赚到一百万的时候我就会回家。再见。”然后他就走了。

安娜对他是多么放心不下啊。他能赚到那一百万吗？她能活到可以看见它的那一天吗？在过去的这些年里，有多少个傍晚她和约翰经常坐在一起，设想威廉带着他的一百万回家或是怀着爱邮寄回一百万的情景。但是一年又一年过去了。威廉没有回来。他没有回来。大城市吞灭了他，就像它使无数其他的小伙子离开老家流落异地一样。

安娜从她的沉思中惊醒过来——

门口是怎么回事呢？随着一声轻柔胆怯的敲门声，透过门上小窗的玻璃，一张脸——一个女子的脸正在朝被火光照亮的屋子内部张望，眼中充满了恳求的神情。她抱在双臂间的是什么，她紧贴在胸前生怕受飘雪侵害的那个包裹似的东西是什么呢？你能猜出来吗，读者？猜三次你就知道了。你准能猜对。正是那么回事儿。

农夫的妻子匆忙地向门跑去。

“天哪！”她叫道，“你怎么在这样一个夜晚流落在外？进屋来吧，孩子，到火炉边来！”

那个女子抱着她那个小包裹进了屋，同时用大大的眼睛（它们至少有一英寸半那么大）看着恩德比和他妻子。安娜能够看出她的手上没有结婚戒指。

“你叫啥名字呀？”农夫的妻子问道。

“我叫凯罗琳。”那个年轻女郎低语道。她后面的话语调更低，叫人简直没法听清。“我想有个地方落脚，”她停顿了一下，“我希望您能收养这个孩子。”

安娜接过婴儿，小心翼翼地把小家伙放在餐柜的顶部，紧接着她赶忙弄来一杯水和一个油炸饼圈，把它们放在那个差不多已冻僵的姑娘面前。

“吃吧，”她说，“先暖暖身子。”

约翰从他的座位上站了起来。

“我可不收养这类孩子。”他说道。

“约翰，约翰，”安娜恳求道，“别忘了《圣经》里说的话：‘等于同物者彼此平等！’”

约翰陷回他的座位里。

为什么凯罗琳没有结婚戒指呢？啊，读者，你猜不出来吧。可不，你猜不出来。你压根儿不会去想这一点，猜不出也难怪。凯罗琳没有结婚戒指，因为流落在那个大城市的街头时她伤心地把它扔掉了。“唉，”她哭道，“一个囚犯的妻子凭什么戴戒指呢？”

然后她就带着婴儿离开了那个一度是她的家的地方。

这是一个伤心的旧故事。

她曾带上婴儿去到公园，把孩子怜惜地、轻柔地放在一个座位上。然后她迅速离开了那儿。几分钟以后一个男人朝凯罗琳追了过来，怀里抱着那个小襁褓。“对不起，”他气喘吁吁地说，“我想您把您的小宝贝忘在公园里了。”凯罗琳对他表示了感谢。

然后她把婴儿带到中央候车大厅，柔情地亲吻之后把孩子放在午餐台后面的一个架子上。

几分钟以后，一个官员脸带满意的神采把孩子给她送了回来。

“我想是您的孩子，夫人。”他说着把孩子送到了她手里。凯罗琳谢了他。

后来她还曾把孩子弃在华多夫·阿斯托里亚大厦的桌子和地铁站的售票处。

孩子总是被送回来。

有那么一两次她把孩子带到布鲁克林大桥上，并且把小家伙朝河里扔了下去，可是在孩子从空中落下去的当儿，也许某种东西触动了这位母亲的心并使她极度不安，于是她又马上走下河去把婴儿捞了出来。

后来凯罗琳又把孩子带到了乡间。开头她想到了把小家伙弃在路边。她把襁褓放在雪地上，站在一小段距离之外朝它丢毛蕊杆，但是那个小襁褓渐渐被雪覆盖的模样又使这位母亲动了恻隐之心。

她把孩子抱了起来，并继续往前走。“也许在某个地方，”她喃喃地说，“我能找到一户好心的人家对这孩子敞开大门。”不久以后她就踉踉跄跄来到了农舍。

安娜具有真正的女性的善良，她没有问任何问题。她小心翼翼地把婴儿安顿在一个衣箱里，还让凯罗琳在最好的那间房里安然入睡，完了才返回她在火边的座位。

旧时钟已敲了八点二十分。

门口再一次传来敲门声。

接着进来了村律师的熟悉身影。他的黄色狗皮衣、赛璐珞衣领以及不超过脚踝的靴子，与小房间里粗陋的摆设形成鲜明的对照。

“恩德比，”他说，“你能付清钱吗？”

“珀金斯律师，”农夫回答说，“给我点时间，我会付的；请帮帮我，再给我五年时间，我会把债全部还清，不欠一分一毫。”

“约翰，”律师说，尽管他看上去挺粗（一身狗皮衣），但还是受了感动，“我办不到，我即使想帮你也没法子。现在的情况和过去不一样了。是纽约的一家大公司，品钦公司，现在是它放的债，他们一到期就要拿钱，否则就变卖你的财产。我无可奈何呀。这儿是给你的通知书，约翰，真抱歉。不，我不喝酸奶，我得保持清醒的头脑进行工作。”说完，他就匆匆出了屋子，再次走进了雪地。

约翰忧思重重地坐在椅子里。

火摇曳着暗淡下去了。

旧时钟敲了八点半钟，然后敲了八点三刻。接下去，它慢悠悠的敲击越来越惊心。

恩德比一下站了起来，从钩子上取下一个灯笼。“管他抵押不抵押，”他说，“我还是得去照看家畜。”

他走出屋子，站在院子里，越过雪地看着那边有雪穿插其间的云杉沼地，更远的地方可见远方村子的灯光。

他想起他在这个家园度过的四十年——那粗犷的拓荒时代，想起他自己动手修起的屋子，还有它那些朴实无华的家具——安娜在上面为他纺过裤子布的那台旧纺车、那台木壳电话机以及他在上面吃过饭的粗糙的垫木台。

他望着那片茫茫沼地，发出一声叹息。

料想他看不见，在沼地里，两英里以外的地方，有一个雪橇在滑行，里面坐着一个穿海豹皮大衣、戴丝帽的男子，他的脸在月亮下容光焕发，他把脸转过来转过去，对路边的每一个物体都全神贯注地看，仿佛旧地重游似的。他的腰间系着一根腰带，里面装有价值一百万的金币。当他在路上一片空地停住马时，他解下腰带数了数金币。

在他身边不远的地方，有一个男人潜伏在沼泽黑魆魆的路边灌木丛里，他手里拿着一根粗短的山楂树棒，眼睛没有放过那些金币的每一次闪亮，从他蓬乱的头发和严峻的脸看，他只可能是来自辛辛监狱的高墙之内。

当雪橇再次前进的时候，躲在灌木丛中的那个人顽固地在后面跟踪不舍。

与此同时，约翰·恩德比完成了巡行。他给那些在摇曳的灯光下眨巴眼睛的肥牛铺好了睡觉的干草。他在猪群中站了一会儿，尽管是一个农夫，他一时间还是忘记了烦恼。他和那些猪说话，一一叫它们的名字。一想到他有时候受到诱惑，为了还农舍的抵押债务曾打算卖掉其中一头猪，甚至卖掉那头牛，他心里就非常难过，不过，感谢上帝，他已经抵挡住那一诱惑。

他返回正屋的时候发现有一辆雪橇停在门口的路上。安娜在门口迎接他。“约翰，”她说，“你去偏屋牲畜间那边的时候来了一个陌生人，他想借宿一个晚上；我估计是一个城里人，从他的衣服可以看出来。我不想拒绝他，我把他安顿到了威廉那间房里。反正我们永远不再用它，现在他已经睡着了。”

“是啊，我们没法拒绝。”

约翰把那匹拉雪橇的马带到了牲畜间，然后返回来和安娜一起坐在火炉边守夜。

酸奶的作用已从他头脑里消失。他坐在那儿，一边在想午夜的来临以及它会带来什么厄运。

在头顶上的那间房里，那个穿海豹皮大衣的男人横躺在床上，已沉睡过去，连衣服都没脱，他驾雪橇累坏了。

“太好了，一切又回到了我身边，”他一睡下就喃喃细语起来，“还是从前的老房间，什么也没有变——除了他们——他们看上去多么憔悴。”一滴眼泪从他眼里流了出来。他想起他十五年前离家的情景，想起他在那座大城市的奋斗，想起他所想到的赚钱的高招，还想到他创立的农庄投资公司——那利用资本横扫一切的威力最大限度地从农庄贷款里获取每一个便士的简单系统。现在他又回来了，履行了自己的诺言，腰包里有了一百万。“明天，”他咕哝道，“我将告诉他们。那才是圣诞节哩。”这么说他是威廉——是的，读者，睡过去的正是威廉。

时间一个小时又一个小时地过去了，还在继续过去。

十一点半到了。

紧接着，安娜突然从她的座位上站了起来。

“亨利！”门开了，一个男人进了屋，她叫了起来。他高兴地迎向她，接着母子俩拥抱到了一起。是亨利回来了，那个在辛辛监狱坐牢的人。他没有放空炮，在庆祝会达到高潮的时候偷偷开溜跑了回来。

“哎，亨利，”在久别重逢的热情问候过去后，那位母亲说，“你回来得不是时候。”他们把抵押农庄和他的家已被毁的事告诉了他。

“是的，”安娜说，“甚至连给你睡的床都没有。”她提起了来到家里的陌生人；提到了那个流离失所的妇女和那个孩子，还有那个请求借宿一晚的穿海豹皮大衣的富人。

在他们说起那个富人的时候，亨利听得非常专心，紧接着一阵开窍的亮光突然从他的眼中闪过。

“天哪，爸爸，我有办法了！”他叫道。然后他压低了声音，说道：“小声点，爸爸。楼上那个人，他穿着海豹皮大衣，戴着丝帽子，对吗？”

“是的。”那位父亲说。

“爸爸，”亨利说，“我在云杉沼泽看到一个男人坐在雪橇上。他手里有钱，他一边数钱一边咯咯直笑——五块一枚的金币——总共有1,125,465元零2角5分。”

父子俩相互对视了一下。

“我知道你的主意。”恩德比严肃地说。

“我们把他闷死。”亨利说。

“或者用棒子砸，”农夫说，“然后还清抵押债务。”

安娜看看这个又看看那个，在她的脸上欢快和希望在与悲哀交战。“亨利，我的亨利，”她骄傲地说，“我早就知道他会有办法的。”

“来吧，”亨利说，“把灯带上，妈妈，拿棒子来，爸爸。”于是这一家三口喜形于色，压低声音，蹑手蹑脚往楼上走去。

那个陌生人躺在那儿沉睡。他们进房的时候，他的后脑瓜冲着他们。

“来，孩子他妈，”农夫坚定地说，“把灯拿近一点；我想该在耳根，亨利。”

“不，”亨利一边捋起衣袖，一边带着与他非常匹配的行家的神气说，“对准颌部，爸爸，更干净利索。”

“好，好，”农夫说，露出骄傲的微笑，“你想怎样就怎样，小伙子，你最在行。”

亨利举起了棒子。

但就在他这样做的时候——且慢，那是怎么回事？在远处云杉沼泽的那一边，村教堂的大钟开始敲午夜的钟点，深沉的轰鸣远远地传过来。一声，两声，三声，钟声清清楚楚地从凛冽的空气里传了过来。几乎与此同时，楼下的钟开始以深沉的敲击声宣告子夜的到来。院子内鸡圈里的一只公鸡啼叫了十二声，还有牛群大声地哞叫，猪猡发出轻柔的咕噜声，仿佛在引导圣诞之晨带着和平与善良的福音降临。

那根棒子从亨利手里落了下来，叮当一声撞在了地板上。

那个睡觉的人醒过来并坐了起来。

“爸！妈！”他叫道。

“我的儿子，我的儿子，”那位父亲抽泣起来，“我们猜出是你。我们上楼是想叫醒你。”

“是的，是我，”威廉说，同时对他的父母微笑着，“我把那一百万元赚到手了。就在这儿。”说着他从腰上解下腰带，把一百万元放到了桌上。

“谢天谢地！”安娜叫道，“我们的麻烦了结了。这钱可以用来还清抵押债款——现在品钦公司的贪婪没法伤害我们了。”

“农庄被抵押了！”威廉惊愕地说。

“是的，”农夫说，“被抵押给了一些没有良心的人，他们贪婪的手几乎把我们推进了坟墓。瞧她多老了，我的孩子。”他指了指安娜。

“爸爸，”威廉以悔罪的低沉音调说，“我就是品钦公司。天哪！现在我明白了。我终于明白了，我的发家给他人带来了多大的痛苦。我要把这些成百万的钱全部归还给那些被我害苦的人。”

“不，”他母亲轻柔地说，“亲爱的儿子，你以真正的基督徒的悔意悔过，这就够了。你可以保留那些钱。我们将把它当作信托物来照管，当成一件神圣的信托物照管，每次我们把其中的一块钱用在自己身上的时候，我们都要把它当成一件信托物看待。”

“是的，”农夫轻柔地说，“你妈妈说得对，这笔钱是一件信托物，我们将用它把农庄赎回来，也把琼斯家的家产赎回来，并且把这整件事看成一件信托。”

就在这一刻，房间的门打开了。一个妇女的身影出现在门口。是凯罗琳，她穿着安娜的一件老式睡衣。

“我听到你们的说话声。”她说道。然后，她一看见亨利，大叫了一声：

“老公！”

“老婆！”亨利叫道，把她拥入了怀里。

“你离开了辛辛监狱？”凯罗琳欢快地叫道。

“是的，凯罗琳，”亨利说，“我再也不回去了。”

重新团聚的一家子欢快地下了楼。安娜拿着灯，亨利提着棒子。威廉则拿着那一百万元钱。

落叶松的火苗又一次在火炉里熊熊燃烧起来。酸奶被从一只手转到另一只手里。威廉和亨利把他们俩的历险经历说了一遍又一遍。圣诞之晨的第一缕曙光从门上的玻璃窗照进屋里。

“噢，孩子们，”约翰·恩德比说道，“从今往后我们要一直沿窄路①走下去。《圣经》上说得多好啊：‘直线就是在两个端点之间平直延伸的线。’②”

① 天堂之路是一条艰难的窄路。《圣经》上有这样的说法：富人想进天堂，比骆驼穿过针眼还难。

② 这句话不是《圣经》上的话，倒像是出自前面提到的欧几里得的《几何原理》。很可能是约翰太激动而弄混了，也可能是作者出于调侃的目的故意把两者混为一谈。